하얀 바다의 단편소설

하얀 바다의
단편소설

추은정
신석민
박하
그랭
신이비
강선우
유철현
소낙비

달꽃

목차

물 위의 부자(父子)	추은정	7
바다가 삼켰던 것들	신석민	31
잃어버린 약속	박하	87
고래버스	그랭	115

아담 이브 증후군	신이비	149
워터볼로 다이빙하기	강선우	179
하얀 바닷속 두 사람	유철현	213
하얀 바다에게 소원을	소낙비	257

물 위의 부자(父子)

추은정

글쓰기를 좋아하고 상상과 희망을 떠올리며 하루를 살아가는 평범한 사람입니다. 제 이야기가 작게나마 독자분들의 마음을 움직일 수 있다면 저는 크게 행복할 것입니다.

직장 동료의 투자 권유로 착실히 모은 전 재산을 사기당한다. 재산을 잃고 바닷가로 내려가 뱃사람이 됐던 아버지처럼 세상을 떠나 등대지기가 되기로 한다.

울렁이는 파도를 온 몸으로 맞자니 헛구역질이 올라온다. 사람의 그림자가 없는 무인도로 이송 중이다. 아니 도망친다는 표현이 맞겠다. 살인이나 폭행 따위의 범죄를 저지른 적 없다. 그럴 만한 위인도 못 된다. 그저 사람이 무섭고, 세상이 끔찍했다. 내 기준에 나는 그저 평범한 인간들 중 한 부류였다. 여느 대학생들처럼 아르바이트를 하며 대학 등록금을 벌었다. 아침에는 신문배달, 오후에는 주유소에서 기름 냄새를 맡으며 아르바이트를 했다. 늦은 저녁을 김밥 한 줄로 때우고, 야간에는 치킨배달을 나갔다. 방학기간에는 공사현장에서 막노동을 하며 돈을 모았다. 힘든 만큼 수입은 좋았다. 창밖으로 바닷물을 보고 있자니 공사장에서 주룩주룩 흘러내리던 내 땀 내음이 생각난다. 대학을 졸업한 후에도 내 삶은 딱히 변하지 않았다. 공무원 시험을 준비하는 공시생의 평범한 삶이었다. 매번 합격의 문턱에 걸려 좌절을 맛보았다. 합격이라는 손에 잡히지 않는 희망 고문과 아르바이트 인생이 지겨웠다. 서른이 가까워지는 즈음, 꿈을 포기하고 현실을 직시하기로 했다. 어느 작은 신문사에 기자로 취직을 한 후, 처음으로 월급 받은 날이 또렷이 생각난다. 적은 액수였지만 온 세상을 다 가진 것처럼 기뻤다. 아니, 이미 세상은 내 것이었다. 팔년이 지난 지금, 나는 내 것인 줄 알았던 세상에서 멀리 도망치는 중이다. 배가 멈추자 검은색 커다란 짐 가방을 들고 하선했다. 하선한 사람은 오직 나뿐이었다. 배가 방향을 바꾸며 멀어져갔다. 드디어 세상과 나는 완벽하게 갈라섰다. 그토록 원하던 일이 이루어져 기쁘다기보다 안도의 한숨이 쏟아졌다. 이 손바닥만 한 섬도 육지라고 쉬지 않던 헛구역질이 사라졌다.

 등대 옆에 있는 낡은 숙소로 들어섰다. 7평 남짓 되어 보이는 숙소 안 곳곳에 거미줄이 가득했다. 방바닥에는 허연 가루가 진득하게 붙어있었다. 짠 내가 나는 것으로 보아 소금인 모양이다. 오로지 생존을 위한 먹거리로 가득 채워진 짐 가방을 대충 풀어 놓고 등대로 발걸음을 옮겼다. 돌고 도는 계단을 올라 고장 난 등명기를 수리하기 위해서다. 젊은 시절 그렇게 원하던 공무원의 신분을 뒤늦게 갖게 됐다. 등탑에 올라 끝없이 펼쳐진 바다를 멍하니 바라보았다. 고요한 바다처럼 내 마음도 서서히 잔잔해졌다. 두려움이 사라지고 이곳이 나의 요새이자 피난처라는 확신이 들었다. 해가 뉘엿뉘엿 고개를 숙이자 등명기가 일을 시작했다. 이 쓸모없는 두 손으로 등명기를 고쳤다는 생각에 기분 나쁜 미소가 잠시 머물다갔다. 어둠이 노을을 삼킬 때까지 등탑 위에 홀로 망부석처럼 서서 바다를 보았다. 저 멀리 작은 통통배 한 대가 지나가는 게 어렴풋이 보였다.

소름이 온 몸을 가득 채웠다. 통통배를 멍하니 바라보다 아버지 얼굴을 떠올리고 만 것이다. 순간 화가 머리끝까지 치밀었다. 온전한 해방을 위해 무인도로 왔건만 숨어있던 악몽들이 내 머릿속을 파고들어 신경을 갉아먹고 있었다. 화풀이 할 대상이 오로지 바다뿐이라 바다를 향해 연신 악을 쏟아냈다. 목구멍이 욱신거리고, 온 몸의 기운이 다 빠졌지만 가슴 속을 꽉 움켜쥐던 응어리가 아주 조금 풀린 것을 느꼈다. 바다는 고맙게도 미친 듯이 쏟아낸 내 화를 바다 속 깊은 곳으로 끌고 들어갔다. 다시 숙소로 들어와 습한 방바닥에 이불도 깔지 않은 채, 드러누웠다.

  거친 파도소리가 닫힌 창문 틈을 통과해 들어왔지만 별로 신경 쓰지 않았다. 오랜 뱃멀미에 시달려서인지, 악을 지른 탓인지 어느 순간 곯아떨어졌다. 불과 어제까지만 해도 안정제 없이는 잠을 이루지 못하던 나였는데 말이다. 파도소리에 눈을 떠 시계를 보니 새벽 네 시를 가리키고 있었다. 걷고 싶다는 생각에 몸을 일으켜 밖으로 나왔다. 느린 걸음으로 섬을 한 바퀴 도는데 섬이 작은 이유로 십 분도 채 걸리지 않았다. 바위 위에 걸터앉아 멍하니 일출을 기다렸다. 주홍빛의 뜨거운 핏덩이가 꿈틀거리며 모습을 드러냈다. 어둠이 사라지자 바다의 춤도 볼 수 있었다.

마치 태초의 자연이 나인 듯 평온함을 느꼈다. 그렇게 몇 시간을 바위와 혼연일체를 이루며 쓸데없이 버티고 또 버텼다. 하지만 허기를 참지 못하고, 숙소로 들어가 짐 가방을 뒤지기 시작했다. 가방에서 즉석 밥을 하나 꺼내 전자레인지 안에 던져 넣었다. 반찬은 김치면 충분했다. 허기를 채운 후, 밖으로 나와 다시 바위가 되었다. 잡념에 사로잡히는 일을 막기 위해 끊임없이 연주하는 파도의 음악소리에 귀를 기울였다. 멈출 생각이 없는 연주자와 일어날 생각이 없는 관객은 그야 말로 찰떡궁합이었다. 하지만 완벽한 연주에 어디선가 불협화음이 들리기 시작했다. 분명 이 소리는 발동기 소리다. 고개를 옆으로 돌리자 통통배 한 대가 이쪽으로 오고 있었다. 발동기 소리에 내 심장이 거칠게 뛰기 시작했다. 나는 등대 안으로 들어가 몸을 숨겼다. 문을 걸어 잠근 후, 계단을 올라 등탑 위로 피신했다. 백발의 노인이 통통배에서 내리는 모습이 보였다. 몸을 바닥에 가까이 대고 숨은 채 경계의 눈길로 노인을 유심히 지켜봤다. 노인은 방금 잡은 듯 팔딱거리는 참돔을 들고서 등대 앞으로 걸어왔다.

"선상님! 여 계신교?"

등대 문을 두드리는 노인의 모습을 숨죽인 채 가만히 바라보았다. 노인이 위로 시선을 올리는 바람에 잽싸게 얼굴을 숨기려다 바닥에 코를 박고 말았다. 잠시 후, 다시 발동기 소리가 들렸다. 노인은 통통배를 타고 유유히 무인도를 떠나갔다. 통통배가 멀어지자 온몸을 울리던 내 심장소리도 멀어져갔다. 등대 계단을 내려와 문을 열자 참돔 한 마리가 바위 위에서 끈질기게 팔딱거리고 있었다. 참돔의 아가리를 한 손으로 움켜쥐고 바다에 멀리 던져버렸다. 슬프게도 아버지의 얼굴이 다시 떠올랐다. 혼자 서울에서 생활하는 아들에게 아버지는 귀한 생선들을 자주 보내주셨다. 참돔은 내가 가장 좋아하던 생선이다.

"누가 이런 거 먹고 싶대?"

손에 묻은 참돔의 흔적을 없애고자 숙소로 들어와 손을 씻었다. 비누를 스무 번 넘게 돌려가며 강한 거품을 만들었다. 하지만 내 손이 생선인 것처럼 비린내가 가시지 않았다. 가슴이 터질 것 같아 등대 계단을 기어가듯 올라 등탑에 섰다. 미친 사람처럼 소리를 질렀다. 소리 지르는 내내 목구멍이 찢어지는 듯 아팠지만 이미 찢겨진 가슴보단 덜 했다. 과거의 기억들로부터 도망칠 수 있는 곳이 있다면 며칠이고 헤엄을 쳐서라도 그곳에 가고 싶었다. 무인도에 가면 잊어질 줄 알았던 과거의 기억들이 분수가 터지듯 한꺼번에 떠올라 또 나를 괴롭혔다. 고등학교 1학년 때의 일이다. 아버지는 보증을 잘못 선 이유로 집이며, 가게며, 차며, 모두 압류를 당했다. 아버지가 30년을 알고 지낸 친구의 보증을 서 준 이유였는데, 그 친구라는 작자는 이미 해외로 도망쳤다는 소문이 파다했다. 그 일로 인해 사람이란 믿어선 안 되는 존재임을 여실히 깨닫게 되었고, 아버지 역시 믿어선 안 되는 보통 사람임을 무의식 중 감지했다. 아버지는 멍청하게도 그 친구를 감싸는데 급급했다. '얼마나 어려웠으면 이런 선택을 했겠느냐.'며 바보처럼 안타까워하셨다. 차라리 그 친구, 아니 그 원수를 원망하며 미워하길 바랐다. 아버지 혼자만의 의리, 우정 따위가 나를 더 화나게 만들었다. 어머니는 충격으로 쓰러지셨다. 아버지가 어머니에 대한 미안함이 크다는 것은 말하지 않아도 알 수 있다. 하지만 여전히 그 친구를 미워하는 일을 하지 않았다. 어머니는 2년 뒤, 아들이 대학에 들어가는 것을 보지 못한 채 돌아가셨다. 아버지는 슬픔을 잊기 위해 바닷가로 내려가 뱃사람이 되었다. 나는 나를 고아 중의 고아로 여기며 서울에 남아 악착같이 살아갔다. 매일 아버지를 원망하면서…….

그리고 두 달 전, 나는 정말 고아가 되었다. 그날의 기억은 나를 미치게 할 만큼, 숨을 제대로 쉬지 못할 만큼의 고통이

다. 아버지가 세상을 떠난 날, 나는 아버지처럼 사기를 당했다. 그것도 가장 가까이 알고 지낸 직장동료에게서……. 자신이 새롭게 시작하는 사업에 투자하면 돈을 두 배, 아니 세 배로 불려주겠다는 말을 믿고 전 재산을 투자했는데 며칠 뒤 연락이 끊겼다. 다른 직장동료들도 같은 사기를 당했는데 나만큼 큰 액수를 투자한 것은 아니라서 피해가 크진 않았다. 기자생활을 하며 8년간 알뜰살뜰 모은 전 재산 오천만 원을 한 순간에 날려버렸다. 어떻게든 사기꾼을 잡겠다는 일념으로 간신히 정신을 붙잡고 있는데 모르는 번호로 전화가 왔다.

"석장열씨 아들 되신가요? 일이 생겨브러서 쪼까 내려와 보셔야 할 것 같은디요."

무슨 일인지 묻지 않았다. 전에도 비슷한 일이 있었다. 아버지는 심근경색을 앓고 계셨는데 호흡곤란으로 응급실에 실려 갔다는 전화를 받은 적이 있다. 다행히도 증상은 빠르게 회복됐고, 내가 도착하자 멀쩡하게 퇴원을 준비하고 계셨다. 병원으로 오라는 말이 없는 것으로 보아 심각한 상황은 아닐 거라고 믿었다. 장시간을 운전하는 내내 아버지에 대한 걱정보다 사기꾼 잡을 궁리에 심취해 있었다. 늦은 밤, 가까이 지내던 이웃 분들이 아버지의 집 앞에 서성이는 모습을 볼 수 있었다. 불길한 기운을 감지하며 차에서 조심히 내렸다. 그리고 마을 이장으로부터 믿기지 않는 소식을 들었다. 오늘 이른 아침, 아버지가 배를 타고 나갔는데 아직 돌아오지 않아 실종 신고를 냈다는 것이다. 누군지 잘 기억나지 않지만 어떤 아줌마가 달려와 아버지의 통통배를 방금 건졌다고 말했다. 미친 사람처럼 바닷가로 뛰어갔다. 이미 수많은 해양경찰들이 바닷가를 수색하는 중이었다. 마음속으로 아버지에게 돌아오지 않으면 평생 원망하며 살겠다고 협박했다. 장시간 수색이 지속되는 동안 하늘은 무심하게도 장대비를 내리셨다. 나는 장대비를 칼처럼 맞고 서 있었다. 추운 바다에서 혼자 떨고 있을 아버지의 창백한 얼굴이 떠올라 도저히 우산을 쓸 수 없었다. 오랜 시간 후, 아버지는 시신이 되어 내 앞에 나타났다. 그리고 나의 인생도 아버지 시신 앞에서 끝이 났다. 힘들게 서울 생활을 버틴 것은 한 명 남은 가족, 내 아버지 때문이었다. 아버지는 마지막 희망까지 산산이 짓밟아 놓고 떠나셨다. 아버지가 남겨놓은 통통배와 쓰러져가는 낡은 집을 처분하니 딱 오백만 원이 남았다. 오백만 원이 아버지의 목숨 값 같아 억울하고, 비참했다.

아버지를 떠나보낸 후, 사기꾼에게 뺏긴 오천만원을 찾는 일도 부질없이 느껴졌다. 회사에 사표를 낸 후, 높고 험한 산을 올랐다. 아버지와 같은 곳에서 죽고 싶지 않아서다. 죽음을 생각하며 산을 오르니 화도, 눈물도 나지 않았다. 두려움과 불신의 대상이 되어버린 인간들과 그들이 사는 세상을 떠날 생각에 그저 평온했다. 절벽 위에 서서 아래를 내려다보니 그 끝을 가늠하기가 어려웠다. 잠시 후, 평온하던 내 마음은 온데간데없이 사라지고, 터져 나오는 울음을 주체하지 못하며 흐느끼고 말았다. 절벽 위에 주저앉아 미친 사람처럼 소리를 질렀다. 발이 도저히 떼어지지 않았다. 이 세상을 살 용기도 없으면서 또, 죽을 용기도 없는 내 자신이 미치도록 싫었다. 나 자신에게 온갖 욕과 저주를 퍼부으며 산을 내려왔다. 죽는 대신 세상을 떠날 방법을 찾아야 했다. 그러다 문득 등대를 떠올렸다. 외로이 서 있는 등대처럼 혼자 남은 생을 살면 괜찮겠거니 싶었다. 젊은 시절 그토록 원했던 공무원을 중년의 나이에, 그것도 단 한 번의 도전으로 이루었다. 항로표지관리원, 쉽게 말해 등대지기가 된 것이다. 죽지 말고 살아보라는 신의 메시지 같았다. 남들이 가장 싫어하는 무인도에 지원을 했고, 순조롭게 무인도로 올 수 있었다. 이제 그저 마음 편히 살 수 있기만을 소원했다. 하지만 그 착각도 찰나에 지나지 않았다. 그 이상한 노인 때문에 악몽과 같던 과거의 기억들이 내 눈앞에 뺨을 때리듯 수십 번을 스쳐지나갔다. 등탑 위에서 또 미친 듯이 소리를 질러대는 내 모습이 끔찍했고 처량했다. 갑자기 어지러움이 찾아와 등탑에 주저앉았다. 겨우 숨을 이어가며 멍하니 바다를 응시했다. 바다는 내 모든 화를 끌어안은 채, 바다 속 깊은 곳으로 들어가고 또 들어갔다. 일몰을 바라보며 아버지를 원망했다. 지금 내가 할 수 있는 일이라곤 누군가를 원망하는 게 전부였다. 그리고 그 대상은 역시 만만한 아버지였다.

다음 날, 새벽 네 시에 똑같이 눈을 떴다. 붕어 입술 마냥 눈이 퉁퉁 부어있었지만 심한 불면증이 사라져 신기하기만 했다. 일출을 보기 위해 바위 위에 앉았다. 봉긋하게 해가 올라오며 자신의 얼굴을 드러냈다. 파도 연주에 눈을 감은 채 내 모든 정신을 내어주었다. 나른해지는 것을 느끼며 바위 위에 몸을 눕혔다. 자연과 물아일체를 이루기 위해 조그마한 움직임도 허락하지 않았다. 몸에 소금기가 쌓이는 것이 느껴졌다. 무중력의 순간을 느낄 즈음, 정신이 번쩍 깨어났다. 어제 그 노인이 분명하다. 통통거리는 발동기 소리가 심장을 때리고 있었다. 전생에 무슨 원수를 졌기에 이리도 괴롭히는 것인지 짜증이 밀려왔다. 등대 안에 숨기 위해 일어났다가 다시 자리에 앉았다. 내 차가운 얼굴을 본다면 반기지 않는다는 사실을 눈치 챌 거라 믿었다.

"잘 오셨어라. 선상님. 참말로 잘 오셨소."

노인이 한 손에 참돔 한 마리를 들고 다가왔다. 나는 인상을 쓴 채 아무런 대꾸도 하지 않았다.

"여 등대가 고장이 잘 나서 선상님 한 분 있었으믄 혔는디. 참말로 잘 오셨소. 이제 밤에 댕겨싸도 걱정할 게 없응께. 참말로 고맙소. 선상님."

 노인이 허리를 숙이며 인사했지만 나는 완벽하게 노인을 무시하며 무표정을 유지했다. 이쯤 했으면 눈치껏 자리를 떠날 것이라 생각했다. 하지만 노인은 나와 조금 떨어진 곳에 자리를 잡고 앉았다. 그리고 아무런 말없이 바위처럼 그 자리를 지켰다. 전혀 예상치 못한 전개에 당황하며 머릿속으로 대책을 강구했다. 자리를 박차고 일어나야 할지, 노인을 쫓아내야 할지, 머릿속이 복잡했다. 결국 아무런 선택도 하지 못했다. 그나마 다행인 것이 노인은 나를 의식하지 않고 그저 바다만 보고 있다는 사실이다. 시간이 지날수록 노인을 향한 경계심이 조금씩 사그라졌다. 나중엔 노인과 함께 있다는 사실도 잊혀졌다. 그러다 노인이 일어나는 기척에 흠칫 놀라며 정신을 차렸다.

"잘 쉬다 갑니다. 그리고 참말로 고맙소."

무의식중 노인의 인사에 반응하며 고개를 숙여버렸다. 다시는 이곳에 오지 말라는 경고도 하지 못 했다. 노인의 배는 점이 되어 저 멀리 사라져갔다. 뭐라 설명할 수 없을 만큼 묘한 기분을 느끼며, 그저 내 자리를 지키는 일에 열중했다. 한참을 멍하니 앉아있다 바위 밑에서 죽어가는 참돔을 쳐다보았다. 비닐로 참돔을 대충 감싼 후, 냉동실에 얼렸다. 귀찮게 참돔을 손질할 생각도 안 났고, 바다에 버릴 마음도 생기지 않았다. 여전히 아버지의 얼굴이 떠올랐으나 화를 낼 기운이 없었다. 즉석 밥을 데운 후, 찬물에 말아 허겁지겁 먹으며 허기를 달랬다. 등탑에 올라 일몰 앞에 서서 해의 마지막 일과를 지켜봤다. 어둠이 내려앉았다. 저 멀리 통통배의 모습이 희미하게 보인다. 아마 그 노인일 것이다.

 다음 날, 노인은 또 나를 찾아왔다. 이번에는 우럭 한 마리를 바위 밑에 내려놓고는 어제와 똑같은 자리에 가 앉았다. 오늘도 노인은 아무런 말을 하지 않았다. 노인을 그저 자연의 일부라 생각하니 더 이상 신경 쓸 필요가 없었다. 바위처럼 앉아있는 노인의 옆에 가끔 팔딱이는 우럭만이 내 신경을 건드릴 뿐이었다. 나는 우럭을 들고, 숙소로 들어갔다. 살아있는 우럭을 비닐로 감싼 후, 냉동실에 넣었다. 숙소를 나와 우두커니 앉아있는 노인의 뒷모습을 잠시 바라보았다. 노인의 흰 머리카락이 햇빛을 받아 빛이 났다. 내 자리로 걸어가 바위 위에 앉으려다 다시 몸을 일으켰다. 통통배 안에 있을 물고기들을 구경하기 위해서다. 하지만 배안에는 낚싯대와 작은 손전등 밖에 보이지 않았다. 눈알을 이리저리 굴리며 찾아보아도 물고기 꼬리하나 보이지 않았다. 만선이면 좋았으련만……. 노인의 얼굴을 힐긋 본 후, 다시 자리를 지키는 일에 열중했다. 이대로 시간이 멈추었으면 좋겠다는 생각이 잠시 들었다. 노인이 일어서자 따라 일어나 고개를 숙였다. 노인의 배는 경쾌한 발동기 소리를 내며 사라져갔다.

숙소로 들어와 냉동실에 넣어 둔 우럭을 꺼냈다. 움직임은 희미했지만 아직 살아있었다. 얼른 칼을 꺼내 우럭의 비늘을 벗겨낸 후, 회를 떴다. 손가락으로 우럭 회 한 점 집어 입안으로 가져갔다. 이 순간만큼은 어떤 진수성찬도 부럽지 않았다. 아버지의 얼굴이 떠올랐지만 쉬지 않고 저작운동을 이어갔다. 등탑에 올라 어둠이 내려앉기를 기다렸다. 그리고 저 멀리 보이는 통통배를 유심히 쳐다보았다. 알이 꽉 찬 생선들이 통통배 안에서 팔딱거리는 모습을 머릿속으로 잠시 그려보았다.

새벽 4시. 또 새로운 하루가 시작됐다. 해가 일어나는 것을 보기 위해 바위에 자리를 잡고 앉았다. 감추고 있던 해의 얼굴이 보이자 나도 모르게 미소가 지어졌다. 자리에서 일어나 바위 아래로 내려갔다. 출렁이는 바다 밑으로 물고기들이 보이는지 확인하기 위해서다. 조금 멀리서 파동이 일었다. 잠시 후, 물고기가 꼬리를 치며 수면 위로 모습을 드러냈다. 헛웃음을 애써 참으며 다시 내 자리로 돌아가 파도소리에 귀를 기울였다. 그리고 가끔 새로운 악기 소리가 들린다는 착각에 감고 있던 눈을 여러 번 떠보았다. 통통거리는 연주소리가 선명히 들리자 눈을 뜨고, 벌떡 일어났다. 멀리서 오는 노인의 배가 보였다. 바위 아래로 내려가 노인의 배 안을 살폈다. 노인이 들고 있던 커다란 참돔 한 마리를 제외하면 배 안에 물고기는 피라미 새끼 하나 없었다. 노인이 배에서 내리며 나에게 참돔을 건넸다.

"어르신, 힘들게 잡으신 건데 넣어 두세요."

나는 받아 든 참돔을 다시 배 안에 넣었다. 노인은 다시 배 안으로 들어가 힘겹게 참돔을 잡아들었다.

"선상님, 주려고 일부로 한 마리만 잡은 것잉께 받아주소. 나는 고기 잡으러 바다 나가는 것이 아닝께. 빈 배라고 염려하덜 마소."

노인이 힘겹게 다시 배 안으로 들어가 꺼내온 참돔을 받지 않을 수 없었다. 참돔을 들고, 숙소 안으로 들어갔다. 비닐로 참돔을 감싼 후, 냉장실에 넣었다. 냉동실에 얼려있던 참돔 한 마리를 꺼내 살아있는 참돔 옆으로 자리를 옮겨주었다. 내 자리로 돌아와 앉아 노인을 쳐다봤다. 노인은 오늘도 아무런 말을 하지 않은 채, 자신의 자리를 지키고 있었다. 몇 번의 고민 끝에 입을 떼었다.

"어르신, 고기 잡는 목적이 아니면 바다에는 왜……."

노인이 대답을 하지 않아 민망해지려는 참에 노인이 갈라진 목소리로 말했다.

"우리 아들 찾을라꼬요. 십 년 전에 배타고 나갔는디 아직도 안 들어옵니다."

노인이 덤덤한 목소리로 말했지만 눈가에는 눈물이 고여 주름 사이로 스며들고 있었다. 고통의 기억을 십 년 동안 품고 살아온 노인의 한이 느껴졌다.

"밤에도 찾으러 나가십니까?"

"예. 아들 혼자 밤에 월매나 무섭것습니까? 같이 있어줘야지요."

노인이 지닌 고통의 기억을 내 고통과 잠시 비교해 보았다. 죽은 자식의 시신을 찾지 못한 죄책감에 매일을 애달픈 심정으로 바다에 나오는 노인의 고통이 내 것보다 몹시 무거웠다. 만약 내 아버지의 시신을 건져내지 못했다면 지금 나도 저 노인과 같았을 것이다. 노인의 곁으로 가까이 다가가 축 처진 그의 어깨에 손을 올렸다. 그를 조금이나마 위로하기 위한 행위였는데 내 두 눈과 가슴이 뜨겁게 타오르며 요동쳤다. 그 노인에게서 아버지의 냄새가 났다. 연세 많은 노인에게서 흔하게 맡을 수 있는 냄새였지만 아버지가 눈앞에 있는 것만 같아 감정이 끓어올랐다. 뜨거워진 두 눈에서 참았던 눈물이 흘러내렸다. 노인은 바다를 보느라 내 눈물을 눈치 채지 못했다. 아니, 눈치 채지 못 하길 바랐다. 통통배 앞까지 따라가 노인의 돌아가는 모습을 한참 동안 지켜보았다.

그날 저녁, 참돔 두 마리의 대가리를 잘라 맑은 국을 끓였다. 딱히 재료가 없어 소금과 후추만으로 간을 했다. 한 숟갈 떠서 맛을 봤더니 역시 뭔가 부족했다. 매콤한 청양고추 한 개가 이토록 아쉬울 줄 몰랐다. 오래 끓일수록 맛이 깊어지니 내

일이면 더 나을 것이다. 생선 대가리를 넣고 오랜 시간 끓여낸 국은 아버지가 즐겨 드시던 음식이었다. 뚜껑을 덮었다. 노인의 입맛에 맞을지 걱정이다. 몸통은 내일 아침에 구울 계획으로 미리 손질해 두었다. 냄비 뚜껑 사이로 벌써 맛있는 냄새가 올라온다. 냄새를 맡고 온 바람이 창문을 두드렸다. 밖으로 나오니 바람이 꽤 거세졌음을 느낄 수 있었다. 일몰을 보기 위해 등탑에 올랐는데 바람소리가 파도소리를 이길 만큼 컸다. 해는 먹구름 뒤에 숨어 빠르게 자취를 감추었다. 몸이 휘청거릴 만큼 바람이 강해졌다. 자연이 자신의 진정한 위엄을 드러내면 인간은 자연과 혼연일체 될 수 없는 나약한 존재임을 실감하게 된다. 지금 이 몸뚱어리는 자연의 힘에 압도당한 채, 숨을 곳을 찾기 위해 허둥거릴 뿐이었다. 얼른 계단을 내려와 등대 문을 열기 위해 힘을 주었지만 바람이 쉽게 열어주지 않았다. 귀를 기울여 바람의 기분을 살폈다. 바람소리가 조금 수그러드는 틈을 타 문을 열고 밖으로 나왔다.

쏜살같이 숙소로 들어와 문을 잠갔다. 덜컹거리는 창문 밖을 내다보니 파도가 숙소를 덮칠 듯 높이 일고 있었다. 이불을 꺼내 차가워진 몸을 감쌌다. 금세 밖은 강한 어둠이 내려앉았고, 어서 빨리 바람이 멈추기만을 기다렸다. 하지만 자연은 강한 비까지 뿌리며 자신의 힘을 더욱 과시했다.

번개를 동반한 강한 천둥소리에 놀라 몸을 움찔거렸다. 떨리는 가슴을 진정시키기 위해 끓고 있는 냄비의 뚜껑을 열어보았다. 뽀얗게 우러난 하얀 국물이 노인의 흰 머리카락을 떠올리게 했다.

"설마."

나는 고개를 가로저으며 혼잣말을 했다. 하지만 노인의 슬픈 목소리가 귓가를 맴돌았다.

"아들 혼자 밤에 월매나 무섭것습니까? 같이 있어줘야지요."

울컥하며 화가 났다. 성질을 부리며 문을 열고 밖으로 뛰쳐나왔다. 바람의 세기가 더 강해져 날아갈지도 모른다는 불안감에 휩싸였다. 발을 바닥에 내리꽂듯 강하게 발걸음을 옮기며 등대 안으로 겨우 들어갔다. 계단을 오르는 내내 노인의 통통배가 보이지 않기를 기도했다. 등탑에 올라 등명기의 움직임을 쫓으며 바다를 살폈다. 무서운 파도의 일렁임에 내 몸도 일렁였다. 등명기가 바다를 비추며 멀리 보이는 배를 찾아냈다. 나는 다리에 힘이 풀려 난간을 잡고 주저앉았다. 멀리 보이는 저 통통배는 노인의 것이 분명했다. 아니, 그 배는 내 아버지의 배였다. 아버지를 원망하며 미친 듯이 소리를 질렀다.

"아악! 여기에요. 여기!"

 난간을 잡고, 일어나 한 손을 흔들며 목이 쉬어라 소리를 질렀다. 노인이 내 말을 알아들은 것인지, 파도가 내 말을 알아들은 것인지, 노인의 통통배는 조금씩 무인도를 향해 움직이고 있었다. 배의 난간을 잡고 서 있는 나약한 노인의 실루엣이 보이자 왈칵 눈물이 났다. 더 큰 소리로 노인에게 소리를 쳤다. 노인의 얼굴이 보일 만큼 가까워졌다. 나는 서둘러 계단을 내려갔다. 제발 노인을 살려달라고 신께 빌며 떨리는 발걸음을 억지로 옮겼다. 등대 문을 온 힘을 다해 밀고 밖으로 나왔다. 신이 내 기도를 들으셨는지 노인의 배가 무인도 가까이에 떠 있었다. 나는 서둘러 배를 향해 달려 내려갔다. 귀가 떨어져나갈 듯 바람소리가 컸지만 노인의 배에 달린 발동기 소리는 여전히 내 귀를 울리고 있었다.

"거의 다 왔어요. 조금만 더 힘내세요."

 나는 손을 흔들며 노인에게 소리쳤다.

노인이 겁에 질린 얼굴을 한 채 잠깐 미소를 지었다. 그 순간, 거센 파도가 배를 덮쳤다. 가슴이 철렁 내려앉았다. 순식간에 일어난 일이라 아무런 대처도 할 수 없었다. 얼마 후, 수면 위로 배가 모습을 드러냈는데 배안에 있던 노인은 보이지 않고, 바닷물만 가득 채우고 있었다. 공포에 휩싸일 무렵, 배 옆에서 노인의 얼굴이 떠올랐다. 노인은 살기 위해 손을 허우적거리고 있었다.

"아버지!"

나는 노인의 손을 잡기 위해 무작정 물속으로 뛰어들었다. 파도가 강하게 밀려와 노인에게 다가가는 것을 방해했다. 노인의 손놀림은 점점 느려져갔다. 온몸으로 악을 쓰며 노인에게 다가가 노인의 손을 겨우 붙잡았다. 얼음장처럼 차가운 노인의 손을 꽉 잡은 채 남은 한 손을 무인도를 향해 휘저었다. 뒤에서 큰 파도가 등을 밀며 우리를 무인도 가까이로 옮겨주었다. 신이 우리 두 사람을 살리기로 결정한 게 분명했다. 바위를 붙잡은 노인의 둔부를 있는 힘껏 밀어 올리자 노인이 바위 위로 기어 올라갔다. 내 몸을 올리려는데 팔에 힘이 들어가지 않았다. 노인이 내 뒷덜미를 잡아 있는 힘껏 들어 올렸고 그 덕에 바위를 붙잡고 간신히 올라올 수 있었다. 우리는 거친 숨을 내쉬며 서로의 얼굴을 쳐다봤다. 강한 장대비가 우리의 얼굴과 몸을 강하게 때리고 있었다.

"아버지……."

 나는 노인을 껴안고 소리 내 울었다. 노인도 내 등을 두드리며 꺽꺽거리고 울음을 토했다. 나는 노인에게서 내 아버지를, 노인은 나에게서 당신의 아들을 만지고 있었다. 아버지를 평생 원망하던 마음은 저 바다 깊숙한 곳으로 씻겨 내려갔다. 빗줄기는 더욱 굵어져 아플 만큼 강하게 쏟아졌지만 남아있는 슬픔을 마저 씻어내기 위해 나와 노인은 조금 더 자리를 지켜야했다. 노인과 내 몸이 강하게 떨리는 것을 느낄 수 있었다. 떨리는 몸을 떼어내 서로 마주보았다. 그제야 우리는 웃을 수 있었다.

바다가 삼켰던 것들

신석민

밤하늘에 수놓인 별들이 아름다운 빛을 자아내듯이, 그저 바람이 흐르는 대로 한적히 떠다니는 구름은 자유롭듯이. 그런 글 들을 써 내려가고 싶은 평범한 사람입니다.
현재는 외국계 선박에 항해사로 근무하면서 드넓은 바다를 가로지르는 삶을 살고 있습니다. 글도 쓰고, 가끔 그림도 끄적거리며 바다위에서의 외로운 시간들을 달래고 있죠. 그렇게 하나둘 써내려가 본 글이 이렇게 책으로 나오게 되어 영광입니다. 처음으로 써본 글이라 부족한 부분이 많겠지만 재미있게 읽어주셨으면 좋겠습니다.

캔버스에 그림을 그리는 미대생 이연. 어째서인지 그녀의 그림은 주로 바다다. 겨울만 되면 찾아오는 두통에 병원에 가려고 하는데, 이를 만류하는 가족들에 묘한 이질감을 느낀다.

제1장

 창밖에는 눈이 소복이 쌓여 있었다. 커튼을 치지 않은 창문에 드리우는 아침 햇살은 자고 있던 이연의 눈을 간지럽히기엔 충분했다.

 머리를 손으로 움켜쥔 채 힘겹게 일어난 이연은 침대 머리맡, 작은 책상에 미리 꺼내어져 있는 진통제 한 알을 물과 함께 삼키며 작은 신음소리와 함께 침대에서 일어난다. 그녀가 혼자만 들리는 작은 목소리로 말한다.

 "으으……. 언제 끝나는 거야 대체…… 이번엔 유독 좀 긴 거 같네."

 매년 겨울 동안 그녀의 몸 상태는 최악을 달리고 있다. 왜인지 그녀조차 이유를 알지 못하지만, 머리의 두통이 시작된 지 벌써 올해로 4년째다. 짧게는 일주일 길면 한 달까지 지속되는 두통은 그녀의 정상적인 일상생활을 방해하였다. 처음에 두통이 시작되었을 때는 단순한 감기라고 생각하고 넘어갔다. 그 해 겨울이 유독 춥기도 하였고 또, 일주일 만에 증상이 낫자 별 거 아니라는 듯이 넘어갔다.

두 번째 해에 맞은 겨울에도 어김없이 두통이 찾아왔었다. 그땐 거의 한 달이라는 긴 시간 동안 두통에 시달렸었는데 이연은 아픈 지 일주일이 지나서야 병원을 찾았었다. 병원에서 많은 각종 검사들을 받았던 그녀는 '아무 이상 없음'이라는 진단을 받고는 해열제와 진통제만 처방받은 게 다였다. 허무했던 나머지 다시는 병원을 찾지 않기로 다짐했지만 올해도 역시 찾아온 두통을 이겨내지 못하고 혹시나 하는 마음에 좀 더 큰 병원으로 가볼까 생각했다.

조심히 이불 밖으로 몸을 꺼내 침대에서 일어난 그녀는 살짝 열려있는 방문을 열고 거실로 향한다.

"연아 일어났니? 아침 차렸는데 어서 씻고 와."

주방에 짧은 단발머리의 아주머니가 이연을 보면서 말했다. 이연의 어머니이다. 어머니는 50대라고 보이지 않을 만큼 동안이셨고 나이에 비해 주름이나 군살도 많이 없는 편이셨다. 큰 쌍꺼풀에 오똑한 코가 이연의 얼굴과 닮았다. 이연이 대학교에서 남학생들에게 여신이라고 불리는 데에는 어머니의 유전자가 한몫했을 것이다.

"아침인데 뭘 이렇게 많이 차렸어?"

이연은 부스스한 눈을 비비며 상 위에 차려진 갖가지 음식들을 보며 말했다.

아침인데도 불구하고 고기반찬에 많은 나물반찬들, 무슨 손님이라도 오는 양 음식들이 한껏 준비되어 있었다.

어머니가 당황스럽다는 표정으로 이연을 바라보며 말한다.

"어머 애 좀 봐 오늘 무슨 날인지 잊었어?"
"오늘?"
"오늘 12월 14일이야"
"아 벌써 14일이야? 시간 빠르네"
"그래 우리 쁨이 생일"
"아니 근데 진짜 궁금한 게 강아지 생일에 왜 우리가 진수성찬을 먹는 거야?"

쁨이는 연이네 가족이 키우는 반려동물이다. 조그맣고 귀여운 웰시코기인데 이름이 이쁨이다. 이씨 성에 이름이 쁨이.

"너는 생일일 때 너만 맛있는 거 먹니? 다 같이 나누면서 먹으면 더 뜻 깊고 좋은 거지."

'정작 쁨이는 사료밖에 안 먹는데……'라고 입 밖으로 나오려는 말을 그녀는 앙다문 입술로 꾹 참았다.

"그건 그렇고 머리는 좀 어때? 아직도 아프니?"

어머니가 걱정스러운 얼굴로 물었다.

"응 괜찮아, 조금 두통이 있긴 한데 나중에 진통제 하나 먹으면 돼."
"그래 저번에도 병원 가봤는데 아무 이상 없었다며 괜히 나가서 더 아프지 말고 집에서 푹 쉬렴."
"조금 있으면 대학 과제 마감일이라 오늘은 방에서 작업 조금 하려고"
"그래 무리하지는 말고, 음식 식겠다. 어여 씻고 와."

오늘 이연은 방에서 과제작업을 마무리할 계획을 가지고 있었다. 그녀는 서울에서도 알아주는 미대를 다니고 있었고 그림 실력도 상당히 좋았다. 특히 유화를 가지고 그리는 풍경화가 주 특기였는데 마침 이번에 받은 과제가 풍경화였기에 그녀는 그림을 그릴 생각에 설렜었다. 다만 며칠째 계속되는 두통으로 작업속도는 계속 더뎌지고 있었다. 화장실에서 씻고 나온 그녀가 방문을 열고 나오는 아버지와 눈이 마주쳤다.

"일어나셨어요? "

"응 조금 늦잠을 잤구나. 너는 잘 잤니? 머리는 좀 어때?"

"푹 자고 일어나니까 좀 괜찮아진 것 같아요."

아버지는 건강한 체격을 가지고 계셨다. 젊은 시절 군인 장교 출신이라고 듣기는 했지만 그걸 감안하고서도 몸이 다부져 보인다는 느낌이 드는 분이었다. 남들이 보기에도 선남선녀가 만나 예쁜 딸아이를 낳았다고 생각하기 딱 좋은 그림 같은 집안이었다.

아침을 먹은 그녀는 작업을 시작할 거라며 부모님께 방에 들어오지 말아 달라고 부탁한다. 그림을 그릴 때는 매우 예민해져서 누구에게도 아무런 방해도 받지 않고 싶었기 때문이다. 방에 들어간 그녀가 이전에 미리 작업해져 있던 삼각대 위에 얹혀 있는 그림을 보며 생각에 잠기기 시작한다. 사실 가장 좋아하고 자신 있었던 풍경화지만 대학교에 들어가고부터는 조금 뜻대로 풀리지 않았다. 어떤 그림을 그려도 비슷한 느낌이 들었고 다른 그림을 그려보려고 해도 항상 비슷한 풍경만 그려온 것이다. 지금껏 그녀가 그려왔던 그림은 수많은 풍경화 중 가장 넓은 광경을 보여주는 '바다'였다.

그녀가 바다를 그리는 이유는 사실 그녀 스스로도 잘 알지 못했다. 평상시에 바다를 좋아했던 것도 아니고 바다와 인접

해 있는 도시에 살았던 것도 아니다. 그렇지만 어느 순간 정신을 차려보면 그녀의 손은 금방이라도 파도가 튀어 젖을 것만 같은 바다의 한 장면을 그려내고 있었다.

지금 그리고 있는 작품 속에는 눈이 소복이 쌓여있는 바다가 있었다. '눈이 어떻게 바다에 쌓이지?'라고 의구심을 갖겠지만 누구나 그녀의 그림을 보면 '아 그럴 수도 있겠다.'라고, 생각을 하게 될 것이 분명했다. 그만큼 그림은 섬세했고 정교했으며 아름다웠다. 눈 덮인 바다는 찬란한 푸른색이 아닌 겨울철에 냉기를 가득 담고 있는 하얀 바다였다. 사람들은 흔히 작품 속에 작가가 전달하고자 하는 의미가 있을 것이라고 생각한다. 그렇기에 많은 평론가가 그 의미를 찾고 해석하며, 사람들은 그런 의미의 가치를 부가한다. 하지만 이연의 그림은 달랐다. 아무런 의미도, 아무런 가치도 없었다. 그녀 스스로 생각하였다.

'난 왜 이걸 그리고 있는 거지……?'

매일 그림을 그리면서 생각하는 것이지만 아무리 애써 봐도 거기에 대한 답을 찾을 수 없었다. 진통제로 조금 회복되었다고 생각한 두통이 다시 찾아오기 시작한다. 그녀의 손은 떨리기 시작했고 지끈거리는 머리가 원망스러웠다. 한 손으로 머리를 감싸지으며 캔버스에 붓 칠을 더하던 그녀의 눈에서 눈물 한 방울이 흘러내렸다. 스스로도 놀라 손에 쥐고 있던 붓을 떨어트렸다. 갑자기 벌어진 일이었다. 두통으로 인해 흘리는 눈물과는 결이 달랐다. 아무런 슬픈 감정도, 슬픈 생각도 하지 않았던 그녀의 눈에서 마치 빨간 피가 흘러내리는 양 따뜻했지만 쓰라렸다. 눈물은 그녀의 볼을 타고 내려와 바닥으로 떨어졌다. 원래도 조용했던 방안이었지만 분위기가 사뭇 달라진 것을 느꼈다. 공기조차 움직이지 않는 것 같아 숨쉬기가 버겁다. 너무나 조용한 나머지 이연의 작은 손끝 움직임 소리조차 크게 들렸다. 그녀는 자신이 이상해졌다고 확신했다. 자신도 모르는 새에 눈물을 흘리고 머리가 아프고 매일 똑같은 그림을 그린다. 이게 어떻게 정상적인 사람인가. 침대에 걸터앉은 이연은 생각한다.

'슬럼프인가······.'

그녀에게 슬럼프는 종종 찾아왔었다. 어렸을 때부터 그림의 소질이 있다며 주변에서 실컷 떠들어대는 바람에, 그녀를 향한 기대 어린 시선이 그녀에겐 부담으로 다가왔다. 그런 시선들에 보답하고자 열심히 한 그녀였지만 자신이 하고 싶어서가 아닌 남들을 위한 그림이 무슨 소용이겠냐며 한동안 붓을 잡지 않았던 시절이 있었다. 그 시절이 24살 그녀의 인생에서 가장 큰 슬럼프 시기가 아니었을까 생각한다. 하지만 이번엔 무언가가 달랐다. 그녀는 자신이 그리고 싶은 그림을 그리며 남들의 시선 따윈 전혀 신경 쓰지 않았다. 그림 실력도 전혀 줄지 않고 오히려 좋은 평가를 받고 있는 그녀는 지금 이 상황을 슬럼프라고 합리화 하지 않기로 한다. 겉옷을 챙기며 방문을 연 그녀의 앞에, 거실에 앉아 다림질을 하고 있는 어머니의 모습이 보였다.

"연아 어디 나가려고?"
"응 머리가 좀 많이 아파서……. 병원 한 번만 다녀올게"

밝게 미소 짓던 어머니의 표정이 급격히 어두워졌다. 어머니는 앉아있던 소파에서 벌떡 일어난 후 이연에게 다가가 그녀의 손을 잡으며 말한다.

"연아…… 저번에도 병원은 가봤잖아…… 아무 일도 아니야 병원은 가봤자 너에게 아무런 처방도 안 해줘."

말이 너무 빨라 제대로 알아들을 수도 없었다. 흡사 잘못을 저지른 사람이 변명을 하기 위해 횡설수설하는 것처럼 보였다. 샤워실에서 나오는 아버지도 안에서 우리의 대화를 들었는지 급하게 밖으로 나온다. 아버지의 머리카락은 다 말리지도 못한 채 물이 바닥으로 뚝뚝 떨어지고 있었다.

"연아 병원 간다고? 갑자기 왜 그래?"

아버지의 눈빛이 이상했다. 그것은 이연이 걱정되어 그런 것이 아닌 잘못을 저질렀을 때 들킬까 봐 초조해하는 눈빛이었다. 이연은 이상하다고 생각했다. 자식이 아파서 병원에 가려고 하는데 부모님이 이렇게 놀라는 이유는 무엇일까, 그러고 보니 부모님은 병원이라는 말을 굉장히 싫어하셨던 것 같다. 뭔가가 이상하다고 생각한 이연은 주저하지 않고 바로 물었다.

"뭔가 이상하지 않아요? 딸이 아프다는데 병원을 왜 이렇게 안 보내려고 하는 거에요? 왜 자꾸 나한테 병원은 가봤자 아무 도움 안 된다면서 진통제만 주고…… 혹시 나한테 뭐 숨기는 거 있어요?"

이연의 말을 들은 어머니는 놀라 몸이 경직되는 것처럼 보였다. 아버지 또한 마른침을 삼키며 다음에 할 말을 준비하는 듯해 보였다. 아버지가 말했다.

"그게 무슨 소리야. 우리는 당연히 네가 걱정되지. 다만 네가 병원 가서 여러 검사받고 해도 결과가 똑같을까 봐 그런 거란다. 저번에 갔을 때도 아무런 이상 없었잖아. 그때 기다린 시간, 검사들만 생각하면 아직도 진이 빠져."

옆에서 듣고 있던 어머니도 같이 가세한다.

"그래 우리가 너한테 숨길 게 뭐가 있겠니. 정 병원에 가고 싶으면 저번에 아버지 친구 분 하신다던 그 병원 다시 한 번 가볼까? 이 주변에서 가장 큰 병원이기도 하고 아버지가 잘 말해주면 빨리 검사받을 수도 있어."

이연은 부모님이 하는 말들이 다 변명이라고 생각했다. 두 분의 말은 당황한 듯이 빨랐고 표정도 좋지 않았다. 어느 누가 봐도 거짓말이라고 생각할 것이었다. 무엇이든지 완벽한 부모님이었지만 연기에는 소질이 없어 보였다. 그녀는 이 상황이 이해가 가지 않았다. 왜 두 분이 자신에게 변명을 하고 있는 것인지, 왜 이토록 나에게 과하게 반응 하는 것인지. 잠시 동안의 침묵이 흐른 후 그녀는 챙겼던 겉옷을 벗으며 말한다.

"하긴 저번에도 별문제 없었고 아빠 말대로 검사 시간 기다렸던 거 생각하면 진이 빠지네요. 그냥 조금 쉬어야겠어요."

그녀의 말을 들은 부모님의 표정이 이제야 조금 밝아짐을 느낀다. 아버지가 말했다.

"그래 연아 오늘은 좀 푹 쉬는 게 좋겠다. 그래도 혹시 너무 아파서 병원 가고 싶으면 혼자 가지 말고 이 아빠한테 꼭 말하렴."
"네 아빠 고마워요. 물 좀 마시고 들어가야겠다. 그럼."

이연은 천천히 부엌으로 향해 정수기에서 물 한 컵을 받아 방으로 들고 간다. 그녀는 두 분의 시선이 자신이 방으로 들어갈 때까지 계속 자신을 쫓고 있음을 느꼈다. 어머니가 들어가려는 이연을 부른다.

"연아 이거 진통제야. 나중에 정 머리 아프면 하나 더 먹으렴."

어머니가 그녀의 손에 하얀색의 진통제 한 알을 쥐어 주신다. 평소에 먹던 거와 같았다.

"응 엄마 고마워."

방에 들어와 문을 닫은 이연은 문에 등을 기댄 채로 그대로 주저앉았다. 이상했다. 어딘가 모를 이질감이 그녀의 몸을 감쌌다. 다들 연기를 하는 느낌이었다. 이연은 자신이 모르는 무엇인가가 있다고, 어쩌면 이 두통 또한 부모님과 관련된 게 아닐까 의심한다. 그녀는 나중에 몰래 혼자 병원을 찾아가 보기로 마음먹었다. 쉽진 않을 것이다. 이미 어머니에게 병원에 간다고 말한 이상, 분명 계속 거실에 앉아 이연이 방 밖으로 나오는지 확인할 것이다. 거실을 통해 밖으로 나가는 건 오늘은 확정적으로 불가능했다. 혼자 이런저런 생각을 하고 있던 이연은 헛웃음을 치며 말한다.

"아…… 영화를 너무 많이 봤나. 나 무슨 생각까지 하는 거야. 엄마가 날 계속 지켜볼 이유가 없잖아. 범죄영화도 아니고"

그녀는 지금 자신의 상태가 두통 때문에 굉장히 예민하고 가장 최근에 봤던 영화가 범죄스릴러물이라 생각이 이상한 쪽으로 돌아가는 것이라고 확신했다. 평화롭고 좋던 집에 어마어마한 비밀이 있을 것이라는 터무니 없는 생각을 하는 그녀는 스스로가 한심하고 어리다고 생각했다. 애초에 밖으로 나가는 건 어려운 일이 아니다. 학교에 갈 때 나가서 잠깐 병원에 가도 되는 것이고 마트에 장 보러 갈 때나 약속이 있어 나갔을 때 잠깐 다녀올 수도 있는 거다. 누가 방금 전 거실 상황을 본다면 자신이 집안에만 갇혀있고 부모님의 통제 속에 살고 있다고 생각할 수도 있을 법하지만, 우리 가족은 그런 가족이 아니었고 그런 분위기는 더더욱 아니었다. 쓸데없는 생각이라며 고개를 좌우로 돌리던 그녀는 다시 찾아오는 두통을 이겨내지 못하고 진통제 한 알을 가지고 온 물과 함께 먹는다. 그러고는 침대에 누워 잠시 눈을 감는다. 지끈거리는 두통은 아직도 가시지 않는다. 시간이 10여분 정도 흐르고 진통제의 효과 때문인지 아니면 머릿속이 복잡하여 뇌에서 잠을 원하는지는 몰라도 그녀는 배터리가 다 되어 꺼져버리는 장난감 마냥 잠에 든다. 몇 시간이나 흘렀을까. 잠에서 깬 이연은 어두운 방에서 손을 더듬거리며 휴대전화를 찾는다.

'잠깐 내가 방 불을 껐었나……?'

침대 한편에서 휴대전화를 찾은 그녀는 시간을 확인한다. 어두운 데서 갑자기 킨 화면은 너무 밝아 그녀는 눈살을 찌푸린다. 시간을 읽으려 애쓴다.

오후 3시 25분이었다. 무려 5시간이나 잠들어 버린 이연은 놀라며 침대에서 일어나 꺼져있는 방의 불을 켠다.

하루 종일 잠만 잔 자신이 한심스러웠지만 자고 있는 동안 조금 회복이 됐는지 두통은 많이 사그라졌다. 간혹 가다 두통이 심한 날 이런 식으로 잠만 잤던 경험이 있어서 크게 개의치 않는 그녀였다. 부스스한 머리를 손으로 살짝 정리하고 방문을 열어 거실로 나온다. 거실로 나온 그녀는 놀랐지만, 그 사실을 감추려는 듯 티를 내지 않으며 말한다.

"엄마 거기서 뭐 해?"

그녀의 어머니가 소파에 앉아 가만히 그녀를 바라보고 있었다.

제2장

실내가 어수선하다. 학생들은 앉아서 작업을 하던 그림들과 물감들을 정리하고 있었다. 목재로 된 실습실 건물과 의자, 여러 물건들은 서점에 있는 듯한 냄새를 풍기었고 그 분위기는 집중력을 높이기에는 더없이 좋은 환경이라고 말할 수 있을 정도로 관리가 잘되어 있었다. 이연 또한 다른 학생들처럼 자신이 썼던 물감들을 정리하고 있었다. 그때 뒤에서 누군가 그녀를 불렀다.

"연아 너 서 교수님 과제 다 했어?"
같은 과 친구인 지혜였다.
"응 다해서 제출했어. 너는?"
"말도 마…… 하다가 중간에 물감을 다 엎지르는 바람에……."
"그럼 어떡해? 교수님께 잘 말씀드리면 그래도 제출 안 하는 것보단 낫지 않을까?"
"안 그래도 교수님께 그림 들고 가서 설명했더니 뭐라고 반응하시는 줄 알아?"

이연이 궁금한 표정으로 지혜를 바라봤다. 지혜의 표정에 입꼬리가 올라가는 것을 그녀는 눈치 챘다.

"아니 오히려 내 그림에 의미를 부여하시더라니까? 자연에 물감을 끼얹음으로써 현대 시대에 살고 있는 우리들이 얼마나 자연을 망가트리고 있는지 어쩌고저쩌고……."

지혜가 교수님이 했던 말들을 흉내 내며 우스꽝스럽게 말했다.

"뭐? 크크 대박이다."

이연이 어이없다는 듯이 웃으며 말했다.

"아마 점수는 좀 잘 받을 거 같아. 너는? 이번에도 바다 그림이야?"
"응 어쩌다 보니… 교수님이 뭐라고 하시려나?"

지혜가 이번에는 비밀스러운 얘기라도 할 심상으로 목소리와 자세를 낮춰 말한다.

"아니 내가 아까 교수실 나오면서 살짝 들은 건데 이번에 서 교수님 전시회 하잖아. 거기에 학생작품으로 네가 그린 그림을 후보로 올릴 거라고 하더라."
"뭐 진짜?"

이연이 너무 놀란 나머지 앉아있던 의자를 박차고 자리에서 벌떡 일어나며 말했다. 물감을 정리하던 두 손은 그녀의 입을 가리며 한껏 놀랐음을 표현하고 있다. 목소리가 너무 컸다고 자각한 그녀는 이내 주변 눈치를 조금 살피면서 다시 의자에 앉았다.

"그렇다니까. 완전 대박이지? 비록 안 되더라도 후보에 올랐다는 것만으로 엄청 대단한 거라고. 물론 네께 될 거지만"
"대박이긴 하네……. 사실 요즘 슬럼프가 아닌가 싶었거든. 내께 됐으면 좋겠다."
"걱정 마. 너 그림실력은 친구인 내가 보장할게"
"에이 하나도 안 기쁘네요"

이연이 장난식으로 웃으며 지혜에게 말했다.

'똑닥 똑닥'

이연은 흘러가는 시계 초침과 분침을 계속 바라보고 있었다. 시계 소리가 커다란 소음처럼 들릴 만큼 한없이 조용한 공간이었다. 그녀에 앞에는 방금 내렸는지 김이 모락모락 나는 차 한 잔이 놓여있었다. 그렇게 크지도 넓지도 않은 직무실처럼 생긴 방의 뒤로는 큰 창문이 하나 있었는데 거기를 통해 들어오는 햇살이 이연에 마음에 들었다. 천천히 주변을 살펴보던 그녀의 반대편에 앉아있던 남성이 차를 한 모금 먼저 마시며 말을 걸기 시작한다.

"요즘 학교생활은 어때요?"

나이는 좀 많아 보이지만 말투나 행동에 품위가 느껴졌으며 하얗게 센 턱수염들은 서양에서나 볼 법하게 멋스럽게 나 있었다. 회색과 녹색의 중간 정도로 보이는 정장을 입고 있는 남성은 쓰고 있던 금빛의 얇은 안경테를 한 손으로 올리며 이연을 응시했다. 학교에서 가장 평판이 좋았던 서 교수님이었다.

"네……. 그림 그리는 것도 좋고 배울 점도 많아서 재밌게 잘 다니고 있어요."

이연이 약간 긴장한 듯 대답했다.

"하하 긴장할 거 없어요. 저는 이연 학생 수업 때 눈여겨보던 학생이라 왠지 모를 친숙함이 느껴지네요."
"아 저도 서 교수님이 불편하거나 그런 건 아니에요. 그냥 왜 갑자기 부르신 건지 좀 궁금해서……"

서교수가 들고 있던 찻잔을 테이블 위에 내려놓으면 말

한다.

"그럼 본론부터 바로 말할까요? 사실 이번에 제가 전시회를 하나 진행 중이에요. 거기에 매 학년 중에 가장 좋은 평가를 받은 작품들을 같이 전시하곤 했는데 이번에 이연 학생에 작품을 같이 전시하면 어떨까 싶어요."

이연의 가지런히 모은 두 손은 티는 안 나지만 살짝씩 떨리고 있었다. 심장이 너무 빠르게 뛰기 때문일까. 서 교수님의 전시는 상당히 중요한 일이었다. 서 교수님은 순수 미술계 쪽에서 인정받으시는 대단한 사람이었고 그의 전시회에는 미술뿐만 아니라 각 분야별로 상당히 영향력 있는 사람들이 방문했기 때문이다. 교수님은 매년이라고 표현했지만, 사실 학생 작품이 걸리는 경우는 손에 꼽힐 정도로 적었다. 그런 분이 지금 이연에게 작품전시를 요청하고 있는 것이었다. 그녀는 지금 차를 한 모금 마시려고 찻잔을 들었다간 차를 다 쏟아버릴 것이라고 확신했다. 떨리는 목소리를 억누르며 이연이 말한다.

"저야… 너무 좋은 기회죠. 그런데 왜 제 작품인지 여쭤봐도 될까요? 더 좋은 작품이 많을 텐데요."

"이연 학생은 자신의 실력을 좀 과소평가하는 경향이 있네요. 모든 교수진이 입을 모아 말합니다. 이연 학생의 작품이 학년 중에 가장 좋다고요. 이번에 그려서 제출한 바다 그림 좋게 봤습니다."

이연의 얼굴이 살짝 붉어지며 대답한다.

"감사합니다."
"그래서 한 가지 더 부탁을 드리려고 해요 바다를 굉장히 좋아한다고 들었는데 바다 시리즈로 해서 두 작품만 더 부탁드려도 괜찮을까요. 한쪽 벽을 이연 학생의 작품으로 채우고 싶은 욕심이 드네요."

이연은 너무 놀라 모으고 있던 두 손을 입으로 가져갔다. 한 작품 걸리는 것만으로도 엄청난 기회인데 무려 세 작품이나 걸릴 기회가 주어진 것이다. 다만 한 가지 걱정인 것은 짧은 기간 동안 두 작품이나 더 그리는 것은 무리일 것 같다는 생각이었다. 서 교수가 그런 부분을 눈치 챘는지 먼저 그녀에게 말을 꺼낸다.

"전시회는 내년 봄쯤에 할 예정이에요. 두 작품을 그리는 데는 턱없이 부족한 시간이라는 거 이해합니다. 혹시 이전에 그렸던 작품들이 있다면 제가 볼 수 있을까요?"

이연은 자신이 그동안 그렸던 바다 그림들을 떠올렸다. 집에서 먼지를 뒤집어쓴 채 있을 그림들을……

"최근에 그렸던 바다 그림이 하나 있긴 한데…… 나중에 들고 와 볼게요."

그녀는 전시할 수 있는 세 작품 전부를 이전에 그렸던 그림들로 하고 싶지 않았다. 적어도 한 작품 정도는 지금부터 새로 작업을 하더라도 전시회를 위한 그림이라고 생각하며 그리고 싶었기 때문이다. 봄까지 시간이 있으면 작품 하나 그리는 것은 크게 어렵지 않다고 생각했다.

"고마워요 이연 학생. 좋은 작품 기대할게요."
"저야말로 감사드리죠. 좋게 봐주셔서 감사합니다."

이연이 앉아있던 자리에서 일어나 허리를 90도까지 꺾으며 깍듯하게 인사했다. 서 교수는 살짝 당황한 듯 보였지만 이내 웃으며 그녀에게 앉으라고 손짓했다.

"이러다 차가 다 식겠네요. 따뜻할 때 드세요. 제가 제일 좋아하는 차랍니다."

이연은 다시금 앉아 찻잔을 들며 손으로 전달되는 온기를 느꼈다. 눈이 내리는 추운 겨울에 자신의 손을 따뜻하게 어루만져 주는 찻잔은 이연의 마음까지 파고들어 흥분한 그녀의 심장을 차분하게 만들어 주고 있었다. 그림에 대하여 이런저런 조언과 질문들이 오가는 짧은 시간들이 지나고 이연은 인사를 하며 교수실을 나가려 한다.

"나중에 연락드릴게요. 교수님 차 잘 마셨습니다."
"네 조심히 들어가세요. 연락 기다릴게요."

서 교수는 짐이 있던 그녀를 위해 교수실 문을 직접 열어주며 웃으며 잘 가라고 인사한다. 학교 밖으로 나온 이연은 조금씩 내리는 눈을 보며 웃음을 짓는다. 하얀 눈은 그녀에게 축복이라도 해주는 것처럼 봄에 벚꽃이 떨어지듯 살랑살랑 내리고 있었다.

제3장

 이른 아침부터 이연이 분주하다. 친구 지혜와 바다를 보러 가기 위함이었다. 며칠 전 전시회 이야기를 지혜에게 해주었더니 그녀는 이연보다 더욱 기뻐하며 축하를 해주었다. 어찌나 방방 뛰었던지 주변 사람들 시선에 이연은 살짝 창피함을 느꼈지만 자신보다 더욱 기뻐해 주는 친구가 있음에 기분이 좋았었다. 지혜는 본격적으로 그림 작업을 하기 전에 같이 여행을 다녀오자고 하였고 겸사겸사 작품에 대한 영감도 얻을 겸 바다로 향하기로 한 것이었다. 부모님께는 여행 간다는 사실을 숨기고 친구 지혜에 집에서 이틀 정도 자면서 같이 놀 거라고만 말씀드렸다. 저번 병원 사태에 이후로 집안 분위기가 사뭇 달라졌던 것도 있고 예전부터 여행을 간다고 말씀드리면 과민반응 과 함께 걱정을 하시던 분들이었기에 이번에는 숨기기로 하였던 것이다. 조그만 캐리어에 갖가지 옷과 물품들을 넣으며 정리하던 이연의 휴대전화에 전화벨 소리가 들려온다. 그녀는 전화기를 받고 얼굴을 살짝 기울여 어깨와 얼굴 사이에 휴대전화를 끼운 채 옷을 정리하며 통화를 한다.

 "여보세요?" 이연이 조곤조곤한 목소리로 전화를 받는다.
 "연이, 연이 짐은 다 쌌어?"

같이 여행을 가기로 한 지혜였다.

"아니 아직 거의 다 싸가. 우리 너무 일찍부터 나가는 거 아냐? 지금 새벽 4시야."

이연이 새벽 4시를 가리키는 시계를 보며 말했다.

"에이 여행은 원래 피곤하게 가는 거야. 조금 있으면 너희 집 앞이니까 준비하고 나와"
"벌써? 빨리 나갈게"

이른 아침부터 가기로 한 여행이었다. 부모님은 모두 잠들어 있을 시간이라 모든 행동에 소리가 나지 않도록 조심스럽게 움직인다. 통화를 끝내고 마저 남은 옷을 정리하던 그녀는 오랜만에 가는 여행에 설레어 기분 좋은 미소를 입에 머금는다. 사실 이른 아침이라 피곤한 면도 있고 아침마다 찾아오던 두통이 조금 남아있어 최고의 컨디션이라고 말할 수는 없겠지만 오늘 하루 무엇인가 특별한 일이 일어날 것만 같다는 생각에 설레는 그녀였다. 짐을 다 챙긴 후 무언가 더 챙길 것이 없나 생각하고 있던 그녀는 아버지가 예전에 쓰시던 오래된 필름 카메라가 다락방에 있다는 것을 떠올렸다. 손님이 올 때만 가끔 내주던 손님방 천장으로 접이식 계단을 내리면 다락방으로 갈 수 있는 문이 나온다. 평소에는 들어갈 일이 없어서 이사를 온 후로는 들어가 본 적 없고 어머니도 언제부턴가 정리를 하지 않는 것 같았다. 사실 필름 카메라도 오래되어 작동되는지 확신할 수 없었고 다락방에 있다는 것조차 마지막 기억이라 어머니가 정리하면서 다른 곳에 두었을 수도 있었다. 그럼에도 불구하고 그녀의 발은 다락방을 향하여 가고 있었다. 갑자기 생긴 탐구심 때문일까 아니면 여행을 간다는 생각에 너무 설레어 평소와는 다른 행동을 하는 것일까. 평소의 그녀였으면 가지 않을 다락방 문을 열었다.

  이른 새벽 부모님이 깨지 않을 조심스러운 움직임이었다. 끼익 소리를 내며 오랫동안 열리지 않음을 소리 내어 표현하고 있는 낡은 문은 이음새가 오래되어 그런지 조금 뻑뻑했다. 다락방 안은 생각보다 넓었다. 창고로 쓰지 않았으면 충분히 개인 취미 생활이라던가, 이연의 작업실로 쓸 수도 있을 만큼의 공간이었으며 천장도 살짝 허리를 숙여야 하지만 그렇게 낮은 높이는 아니었다. 위쪽으로 나 있는 큰 창문으로는 바깥세상이 보였다. 눈이 내릴 때 여기에서 따뜻한 차 한 잔을 마시며 여유를 즐기면 좋겠다고 생각했을 정도였다. 관리가 되지 않던 물건들의 위로는 먼지가 한 움큼씩 쌓여있었다. 이리저리 먼지를 털며 카메라를 찾아보던 이연은 한쪽 구성에 '추억'이라고 적혀있는 상자를 발견하였다. 카메라라면 그 상자에 있을 가능성이 높아 보였다. 상자는 이사 온 이후 한 번도 안 열어본 건지 모르지만 테이프가 견고하게 붙어져 있었다. 그녀는 상자가 흡사 판도라의 상자처럼 느껴졌다. 손톱을 이용해 테이프를 하나씩 뜯어가며 상자를 연 그녀에 눈에는 수많은 옛날 앨범들과 자신이 예전에 봤던 필름 카메라를 발견하였다. 카메라를 먼저 손에 쥐고는 이리저리 상태를 살펴보았지만, 잔 흠집을 제외하고는 새 것 이라고 해도 믿을 정도로 깔끔했다. 촬영이 되면 더없이 좋겠지만 사실 패션 아이템으로 들고 가는 것도 나쁘지 않을 거 같다고 생각했다. 그런 그녀의 눈에 오래되어 색이 갈색으로 바래져 버린 옛날 앨범들이 보였다. 자신의 방에도 앨범은 있지만 그것보다 더 많은 양이었다. 궁금함에 앨범 하나를 들어 펼쳤던 순간 칠판에 분필가루를 터는 것처럼 먼지가 자욱이 펴졌다. 살짝 인상을 꾸긴 그녀가 한 손으로 먼지를 이리저리 휘젓지만 시선은 앨범 속 사진에 고정된다. 자신의 어릴 적 모습이었다. 초등학교 저학년 때부터 최근에 있던 고등학생 시절까지의 사진이 잘 정리되어있었다. 어렸을 때 사진은 기억하지 못하는 추억들도 더러 있겠지만 고등학생 때 사진은 분명히 자신이 알고 있던 장소와 일들이었다. 고등학교 입학식, 반 체육대회, 학예회, 등등 전부 다 이연의 기억 속에 있는 사진들이었다. 그러나 그녀의 눈동자는 패닉 상태에 빠진 것처럼 좌우로 심하게 흔들렸다. 여행을 간다는 생각에 설레어 나른하게 뛰던 심장은 100미터 전력 질주라도 한 것처럼 요란스럽게 고동치고 있었다.

분명히 알고 있는 일들과 같이 찍은 친구들, 이상할 것이 없는 사진 속 자신의 옆에 생판 본 적 없는 한 남자가 서 있었기 때문이다. 그 남자는 이연의 중학생 때도, 초등학생 때도 옆에 있었으며 이연과 함께 나이를 먹은 게 분명했다. 다락방에 모아져 있는 앨범들 사진은 전부 그 남자와 같이 찍은 사진들뿐이다. 자신의 방에서는 전혀 본 적 없는. 누군가가 이 남자와 찍은 사진들만을 따로 모아 빼두었다고 해도 믿을 정도였다. 잠깐의 정적이 흐르고 떨리던 심장은 어느새 일정한 속도를 유지하며 평온을 되찾았다. 그와 반대로 그녀의 눈에선 자신도 모르게 눈물이 두 뺨을 타고 따뜻하게 흘러내리고 있었다. 저번에 집에서 병원 사태가 있었던 때와 같다. 갑자기 눈물이 흘리는 것을 깨달은 그녀는 황급히 눈물을 손으로 훔친다. 그때 주머니에 있던 휴대전화에서 전화벨 소리가 울려 흠칫 놀란다. 친구 지혜의 전화였다. 집 앞에 도착했다는 연락일 것이 분명한 전화라 벨 소리만 무음으로 바꾸고 꺼내두었던 필름 카메라만을 챙긴 채 서둘러 다락방을 나온다. 이연에게는 남매가 없다. 그녀가 생각하기에 자신의 모든 행사에 참여해 줄 가까운 이웃사촌 혹은 소꿉친구도 있을 리 없었다. 그녀의 기억 속에서는 말이다.

제4장

 지혜가 도착하고 그녀가 운전하는 차에 짐을 싣는다. 그들은 기분 좋게 불어오는 바람과 약간의 서늘한 아침 공기를 맞으며 강원도 속초 쪽으로 향한다. 요즘은 일출 시간이 늦어 서두르면 속초 바다에서 우리를 향해 뜨겁게 내리쬐는 아침 해를 볼 수도 있을 것이었다.

 "오케이 한 번 밟아 볼까?"

 지혜가 다짐이라도 한 사람처럼 비장하게 말했다. 평소 그녀의 운전 실력을 알던 이연이었기에 조심스럽게 조수석 위쪽 손잡이를 잡았다. 결국 일출 시간 이전에 속초에 도착한 이연은 차에서 내리며 약간의 현기증을 느꼈는지 머리를 감쌌다.

 "헤헤 맞춰서 왔네."

 이연의 상태를 아는지 모르는지 해맑은 표정을 하며 의기양양한 자세로 바다를 보고 있는 지혜가 말했다. 이연은 그런 자신의 친구가 밉지 않았다. 그녀와 있으면 항상 재밌는 일이 있었고 고등학생 때처럼 아무런 걱정 없이 살던 시절로 돌아간 것 같은 느낌이 났기 때문이다. 바닷바람에 흩날리는 머리카락을 귀 옆으로 가볍게 정리하던 이연이 지혜에게 말한다.

"고생했어. 오늘 날씨도 좋고 정말 좋다. 일출 때 내가 인생 사진 남겨줄게"

해가 조금씩 아침 인사를 하기 위해 떠오르고 있다. 어두웠던 날이 밝아온다. 수평선 너머로 얼굴을 내미는 해를 그녀들은 김이 모락모락 나는 따뜻한 커피를 들고 바라본다. 평소에 해가 다 뜨고 일어나던 이연에게 오랜만에 보는 일출은 장관이었다. 넋 놓은 표정으로 해를 지켜보고 있던 그녀에게 지혜가 묻는다.

"어때? 작품의 영감이 좀 와?"

커피를 한 모금 마시고는 이연이 대답한다.

"응 지금 장면 전체를…지금의 온도, 공기, 냄새까지 다 하나의 그림으로 담고 싶을 정도야."

"다행이네. 사실 오후에 더 특별한 이벤트가 하나 더 있어."

이연이 고개를 돌려 지혜를 보면 말한다.

"응? 어떤 거?"

이번엔 지혜가 커피를 한 모금 마시면서 대답한다.

"있어. 점심 먹고 말해줄게"

열심히 사진을 찍으며 추억을 남기던 그녀들은 속초에 유명한 맛 집에서 점심을 배부르게 먹고는 가게에서 나온다. 이연이 물어본다.

"이제 말해줘. 이벤트가 뭐야?"

지혜가 들고 다니던 조그만 가방에서 티켓 두 장을 꺼내어 보여준다. 티켓을 건네받은 이연은 안에 적혀있는 내용을 보기 시작한다.

"유람선?"

"응 재밌겠지? 유람선 타고 바다 구경 좀 더 하다가 저녁에 선상파티를 한대. 음악공연도 한다고 하더라."

"아 진짜? 좋긴 한데 너무 춥지 않을까. 지금 완전 겨울인데"

"걱정 마 요즘은 다 난방시설도 갖추어져 있기도 하고 약간 서늘한 공기 속에 하는 파티가 더 재밌는 거야. 겨울에 가는 캠핑이 유명한 이유가 있어요."

지혜는 추위는 걱정거리도 아니라며 이연을 설득한다. 그녀의 말을 계속 듣던 이연은 어느새 설득되어 겨울 속 선상 파티도 낭만 있을 거라고 생각한다.

그녀들은 점심 이후에 속초 주변을 조금 더 둘러보다가 유람선 출항 시간에 맞추어 선착장으로 이동했다. 입장을 시작한 그녀들은 생각보다 훨씬 더 큰 배의 크기에 놀랐다. 안은 고급스러운 장식품들로 가득했고 아늑한 조명들은 배 안을 환하게 비추고 있었다. 커플끼리 온 사람들도 많아 보였다. 출항을 시작한 유람선은 속초 바다 주변을 배회하며 선상 파티 이후 하는 피날레, 불꽃놀이를 끝으로 다시 돌아올 예정이었다. 오늘은 겨울철임에도 날씨가 맑고 화창하여 바다 또한 잔잔했다. 크게 뱃멀미 걱정은 하지 않아도 될 그녀였지만 사실 자신이 뱃멀미를 하는지, 안 하는지조차 모른다. 태어나서 타 본

배는 오리배가 전부였기에 기대에 부푼 얼굴로 유람선을 구경하기 시작했다. 다만 탔을 때부터 조금 더 심해진 두통에 힘겹긴 했지만, 여분으로 가지고 온 진통제 한 알을 물과 함께 삼키며 지금의 여행을 망치지 않으려 노력한다.

배가 힘차게 바다를 가로지른다. 약간의 서늘한 공기와 냄새 그리고 태양이 우리를 향해 환하게 웃으며 따뜻하게 감싸 안아준다. 배에 부딪힌 파도들은 하얀색 눈물을 흘리며 다시 푸른색 눈물을 흘리기 위해 애쓴다. 바다를 비추던 태양 빛은 바다와 만나 반사되며 빛나고 있었다. 많은 사람들이 생각하는 푸른 바다가 아닌 자신이 그렸던 눈 덮인 바다와 같은 하얀 바다였다. 그런 바다를 보고 있던 이연의 두 뺨에 다시 한 번 눈물이 흐른다. 그 모습을 지켜보던 지혜가 말한다.

"연아! 눈물… 뭐야 감동 받은거야?"

이연이 흐르던 두 눈물을 한 손으로 훔치며 지혜를 바라보며 미소로써 대답한다. 이내 고개를 다시 돌려 바다를 바라보며 생각한다.

'내가 지금 감동받은 건가? 요즘 감수성이 풍부해져서 그런 건가…….'

자신이 어떤 상태인지 갈피조차 잡지 못하고 있는 그녀였다.

밝은 분위기에 선상 파티가 계속 이어졌다. 어느덧 해는 작별인사를 고하며 저물어 버렸고 선내와 갑판에는 밝은 조명들이 켜지기 시작했다. 훌륭한 뷔페식 저녁 식사와 와인, 기분 좋은 음악들, 행복한 시간을 보내고 있던 그녀들은 마지막으로 불꽃놀이를 한다는 소식에 좋은 자리를 선점하기 위해 빠르게 갑판 밖으로 이동한다. 이내 주변 사람들도 분주히 갑판 밖으로 나온다. 이연은 손에 들고 있던 와인잔을 달빛에 비추어 보며 한껏 감성에 젖어있었다. 이제 불꽃놀이를 시작한다는 방송이 흘러나온다. 사람들은 모두 한곳을 바라보며 누군가는 사진을 찍을 준비를, 누군가는 들고 있던 와인과 함께 그 분위기에 녹아들 준비를 하고 있다. 이연 또한 그런 사람들과 마찬가지였다. 그녀의 심장은 기분 좋게 리듬을 타고 있지만 평소보다는 조금 빠르게 뛰고 있었다. 불꽃놀이가 기대되었기 때문일까.

이윽고 첫 번째 불꽃이 발사되어 밤하늘의 물감을 떨어트리듯 하늘 높이 올라가 커다란 '펑'소리를 내며 밤하늘의 별이 되어주고 있었다. 갑판 위에 사람들은 모두 감탄 소리를 내며 즐기고 있었지만 정작 불꽃놀이를 기대하고 있던 이연은 사뭇 달랐다. 그녀의 심장은 기분 좋은 리듬이 아닌 록이라도 틀어놓은 것처럼 미친 듯이 빨리 뛰고 있었으며 눈동자는 초점을 잃은 듯 좌우로 심하게 흔들리고 있었다. 괜찮다고 생각했던 두통은 누가 방망이로 자신의 머리를 치기라도 한 듯 깨질 듯이 아파왔다. 똑바로 서 있을 수 없던 그녀는 좌우로 휘청거리며 옆에 있던 다른 손님들과 부딪히기 시작한다. 주변이 조금 소란스러워지기 시작한다. 그녀 옆에 있던 지혜 또한 이연의 갑작스러운 행동에 놀라 상기된 얼굴로 그녀가 똑바로 서 있을 수 있도록 부축했지만 그런 지혜의 손을 이연은 뿌리친다. 그녀가 들고 있던 와인잔이 바닥으로 떨어져 쨍그랑 소리를 내며 깨진다. 두 팔로 자신의 머리를 감싼 채 계속 휘청거리며 힘들어하던 그녀의 뒤로는 눈치 없는 폭죽들이 아름답게 밤하늘을 비추며 터져나가고 있었다. '펑 펑'소리를 내던 폭죽은 단 한 번 '풍덩'소리를 내며 사람들을 놀라게 한다. 어느새 그녀가 있던 주변은 어떻게 해야 할지 몰라 당황스러워하는 사람들로 가득 찼고 멀리서 놀이를 즐기고 있던 사람들은 무슨 일이 일어난 것인지 사태를 파악하고 있었다. 낮에 보았던 하얀색으로 빛나던 바다는 어느새 검은색의 바다로 변하여 이연을 집어삼키고 있었다.

  온 세상이 검은색이다. 이렇게 어두울 수 있나 싶을 정도로 아무것도 보이지 않고 아무것도 느껴지지 않는 상태. 무(無)의 공간 안에서 이연이 허공에 손과 발을 휘저으며 둥둥 떠 있다.

이내 무엇인가가 그녀를 끌어당기듯 허공에 있던 그녀는 저항할 틈도 없이 빠른 속도로 아래를 향하여 곤두박질친다. 그녀는 떨어지지 않으려 더욱더 열심히 발버둥 친다. 어둠에서 어둠 속으로 어디까지 떨어질지 모르는 그녀에게 점점 공포라는 원초적인 감정이 들어온다. 얼마나 떨어졌을까? 그녀는 풍덩 소리를 내며 맨 아래까지 곤두박질쳤고 이내 떨어지는 것은 멈추었다. 그녀가 안도하고 있을 틈도 없이 그녀의 주변엔 아주 차가운, 뼛속까지 한기가 들어오는 것만 같은 검은색 바다가 있었다. 아니 있었다기보다는 그녀가 그렇게 느낀 것이라고 표현하는 것이 맞을 정도로 그녀에겐 촉감을 제외한 어떠한 감각도 없었다. 검은색 물이 점점 자신을 덮는다는 것이 느껴진다. 점점 숨이 막혀온다. 살얼음같이 차가운 물은 자신의 몸을 얼리기에 충분하다고 생각하였다. 익사가 먼저일까 아니면 저체온증으로 죽는 것이 먼저일까. 그녀의 의식은 점점 희미해져 가고 느낄 수 있었던 유일한 감각인 촉감마저 사라져 간다. 그때였을까. 자신이 물에 빠졌다는 자각과 함께 한 남성이 손을 뻗는 것을 그녀는 보았다. 집 다락방에서 먼지 덮여 있던 앨범 속에 자신을 바라보며 웃어주던 남자였다.

제5장

"이연! 일어나. 오늘 수학여행 날이잖아. 짐은 다 쌌어?"

한 남성이 부엌에서 큰소리로 이연을 부르며 아침밥 준비를 하고 있다.

"5분만!"

이연은 어리광을 부리며 자신이 피곤하다는 것을 온몸으로 표현하며 침대에서 벗어나지 않으려 한다. 아침밥 준비를 하던 남성이 들고 있던 국자를 내려놓고는 조그마한 밥주걱을 챙겨 그녀의 방으로 향한다.

"너 안 일어날 때마다 한 대씩이야."
"으응, 오빠 조금만…… 아직 시간 많잖아."

남성이 옆으로 누워 자신의 키만 한 베개를 끌어안고 있던 이연의 엉덩이를 주걱으로 가볍게 한 대 쳤다.

"아! 오빠. 진짜 내가 어린애야?"

"오빠 눈에는 아직 코흘리개 꼬맹이야. 이제 잠 좀 깼지? 내가 너 나이 때는…… 수학여행이면 설레서 잠도 못 자고 말이야."

"아오 알겠어. 알겠어. 일어날게. 그놈의 나 때는…… 요즘 오빠 그런 소리 하면 꼰대 소리 들어."

"꼰대가 뭔데?"

"말을 말자."

이연이 누워있던 침대에서 천천히 몸을 일으키며 기지개를 켠다.

"잠자는 숙녀 방에 이렇게 들어오는 거 실례야."

"숙녀는…… 입에 침이나 닦고 말해."

이연은 얼굴이 살짝 붉어지며 베개를 집어 던지며 말한다.

"나가!"

이연이 오빠라고 부르는 인물은 '이준'이라는 이름으로 그녀의 친오빠이자 어렸을 적 부모님이 모두 돌아가시고 그녀를 보살펴 주던 하나밖에 없는 가족이었다.

멀끔하게 생긴 얼굴에 높은 콧대, 앵두같이 불그스름한 입술, 그는 사람들에게서 기생오라비같이 생겼다는 얘기를 많이 들었었다. 체격도 왜소하여 머리카락만 길면 이연과 똑 닮은 것이 누가 보아도 남매였던 그들이다. 그래서 그런 건지 이준은 항상 짧은 스포츠머리를 하고 다니곤 했다. 이연과는 나이 차이가 9살 정도로 많이 나는 편이라 더욱이 그녀를 자신의 딸처럼 챙겨주던 훌륭한 오빠였다.

 오늘은 이연이 고등학교 2학년 수학여행을 가는 당일이었다. 목적지는 제주도였으며 그녀는 아직 그곳이 가보지 못한 곳이라 설레는 것도 있었지만 더욱더 기대에 찼던 이유는 바로 비행기를 타고 가는 것이 아닌 배편으로 이동하는 여행이기 때문이다. 인천에서 승선하여 제주도를 향해 바다를 가르며 갈 예정이었다.

 "아침 차려놓았으니까 먹고 짐은 어제 정리한 거 봤는데 너무 과해. 조금 줄일 건 줄여. 오빠는 먼저 가서 준비하고 일 들어가야 되니까 나중에 올 때 연락해."

 "그놈의 잔소리. 알겠어. 근데 나 오늘 가면 선내 투어도 시켜주고 그러나?"

 이준이 웃으면서 말한다.

"너 하는 거 봐서"

 이준은 인천에서 제주도로 가는 여객선에 항해사로 근무하고 있다. 이연이 그토록 배를 타는 것을 기대하는 이유 중 하나도 오빠가 일하는 여객선에 승선하여 같이 제주도를 향하기 때문이다. 이준은 20살이 되던 해부터 항해 전문학교를 졸업하여 외국적 회사에 항해사로 일을 하기 시작했다. 유럽과 남미 등 전 세계를 항해하며 가족들과 떨어져 지내던 그는 사고로 부모님이 모두 돌아가셨다는 소식을 듣고는 어린 이연을 위해 국내 여객선 항해사로 직업을 바꾸었다. 그마저도 집에 들어가지 못하는 날들이 있었기에 다른 일을 알아보려 하였지만 어린 나이에 남겨져 버린 남매가 부모 없이 살아가기에 배를 타는 일 말고는 경제적으로 마땅한 곳이 없었다. 이준은 이연에게 너무나 좋은 오빠였지만 그 스스로는 동생에게 못 해준 것들이 너무 많아 마음 한편이 항상 불편한 감정을 가지고 있었다. 그런 그를 아는지 모르는지 철없이 해맑은 고등학생 이연은 자신의 오빠를 친구들에게 소개해 줄 생각에 들떠있었다.

 푸른 하늘에 하얀 점들을 무수히 많이 찍힌다. 갈매기 떼는 학생들에게 새우과자라도 달라는 것처럼 연신 울어 댄다. 그런 점들을 다 감싸 안을 만큼 거대하고 하얀 구름은 천천히 평온하게 바람을 따라 흘러간다. 더없이 화창한 날이었다. 좋은 날씨에 이연을 포함한 학생들 모두 기분이 들떠있었다. 선생님들의 지시에 따라 배에 승선하여 각자의 방을 배정받은 학생들은 하나둘 짐을 풀고는 배를 이리저리 돌아다니며 신기하듯이 바라본다. 이연도 그 무리 중 하나였다. 그런 그들 앞에 나타난 이준은 이연을 바라보며 가볍게 손을 흔든다. 그의 얼굴에는 미소가 떠나지 않는다. 아마 아빠들이 딸을 바라볼 때 나오는 표정이 아닐까. 이연 또한 그런 이준을 보며 함박웃음을 지어 보인다.

"얘들아. 여기 우리 오빠. 이름은 이준. 인사해"

이연 주위에 있던 친구들이 이준에게 가벼운 묵례와 함께 인사를 건넨다.

"연이한테 얘기 많이 들었어요. 항해사시라고"
"동생이 나에 대한 이야기도 해? 뜻밖인걸. 나는 이준이라고 해. 오늘 너희들을 안전하게 제주도 까지 모셔다 줄 항해사란다."

그의 주변 학생들이 해맑은 표정으로 손뼉을 친다. 고등학생이 아닌 초등학생이 직업 체험을 하러 온 풍경이라고 생각할 만큼 아이들은 때 묻지 않고 순수했다. 그런 아이들을 보며 이준은 동생의 주변에 좋은 친구들만 있는 거 같아 안심한다.

"심심하면 잠깐 선교로 올라가 볼래? 배에 조종실이라고 할 수 있지."

  이연을 포함한 친구들은 학생 때만 볼 수 있을 호기심 어린 눈을 하며 가고 싶다고 말한다. 이준은 몇 명의 학생들을 이끌고 선교로 올라가 자신의 일터를 보여준다. 여러 항해장비들이 놓여 있는 선교는 배를 타본 적 없는 학생들의 눈에는 더없이 신기해 보였다. 이준은 선교를 시작으로 배에 여러 곳을 이리저리 소개해 주며 비상 상황이 발생했을 때 하는 행동 요령들도 쉽게 설명해 준다. 이연은 전문적인 이준의 모습을 보며 집에서는 맨날 자신에게 당하고만 사는 오빠랑 많이 다르다고 생각했다. 선내를 둘러보고 이준은 선교로 다시 돌아가야 한다며 인사를 고한다. 뒤돌아 가는 이준을 보고 이연은 오빠를 부르며 가볍게 엄지를 치켜세워 보여준다. 이준은 함박웃음을 지으며 그녀에게 미소를 남기고는 돌아선다.

  배가 항해를 시작하고 얼마나 흐른 건지 모를 만큼 이연과 친구들은 갖가지 게임을 하느라 바쁘다. 오순도순 모여 카드

게임부터 시작하여 보드게임 등 처음에는 제주도 까지 가는데 시간이 오래 걸려 지루 할 거 같아 걱정이었지만 막상 애들과 같이 노니 시간 가는 줄 몰랐다. 그러나 보드게임을 하며 주사위를 던진 이연의 주사위는 5를 가리키는 가 싶더니 순식간에 반대쪽 벽까지 굴러가며 벽 끝 쪽에 부딪히고는 1을 가리킨다. 굴러간 것은 주사위뿐만 아닌 그녀와 친구들 또한 마찬가지였다. 창밖으로 보이는 푸른 수평선은 지구가 기울어 버리기라도 한 듯이 가파른 경사를 유지하고 있다. 정말 순식간에 벌어진 일이었다. 급격하게 배는 기울었고 물건들이 떨어지기 시작했다. 사실 그때까지만 해도 학생들은 큰 파도를 맞아 배가 크게 기우는 것이라고 생각했지만 선교에 상황은 달랐다. 선장을 포함한 모든 당직 항해사가 놀라 선교로 집합했고 현재의 상황을 파악하기 시작했다. 선장은 당직 항해사가 출항 전 계획했던 항로를 벗어난 것을 확인했고 확인되지 않은 지역에 있을 수 있는 암초나 암석들과 부딪혔을 가능성이 있다고 생각했다. 배는 계속하여 급격하게 기울었고 선장은 선저에 파공이 생겨 물이 침수되고 있다고 판단했다. 여객선은 빠른 속도로 가라앉으며 침몰 중이었다.

선장은 이준에게 실제상황이라며 당장 선내 방송을 하여 여객들에게 대피할 것을 명령하였다.

이준은 선장이 명령이 다 끝나기도 전에 먼저 마이크를 잡고는 방송을 할 준비를 하고 있다.

"실제 상황입니다. 실제 상황입니다. 현재 저희 여객선은 침몰 중입니다. 이 방송을 들으신 모든 분들은 각 방에 비치된 구명조끼를 챙겨 선내 갑판으로 올라와 주시기 바랍니다. 반복합니다!"

이준은 한껏 흥분한 목소리로 방송을 마치고는 선교에 비치된 구명조끼 한 벌을 챙기고는 여객들이 머무는 층으로 뛰어 내려간다. 기울어져 가는 선내에서 이리저리 부딪치지만 속도도 줄이지 않고 계단을 뛰어 내려오는 그의 머릿속에는 자신의 동생인 이연 밖에 없었다. 다른 항해사들에 비해 상황 판단과 행동이 빨랐던 이유도 아마 그 이유였을 것이다. 자신이 보호해 줘야 하는 사람이 있다는 것은 공포로 얼어붙은 다리를 깨트리는데 충분했다. 이준의 반대 방향으로 사람들이 쏟아져 나온다. 특히나 많은 학생들이 비명을 지르며 갑판으로 나가기 위해 애쓴다. 이준의 뒤를 이어 따라 내려오던 항해사들과 승무원들이 사람들을 안내하기 시작한다. 흥분하지 말고 진정하라는 방송이 다시 흘러나온다. 침몰로 인명사고가 생기는 것보다 많은 사람들이 한 번에 몰리면서 압사 사고가 생길지도 모른다는 생각에 이준은 자신이 했던 방송이 사람들의 심리는 고려하지 않은 안일한 대처라고 생각했다. 그에게는 자신의 동생인 이연도 중요했지만 자신의 일터에 올라와 여행을 기대하던 수많은 여객들도 중요했다. 이연 또한 자신의 방송을 듣고 대피하고 있을 거라고 생각한 이준은 먼저 눈앞에 보이는 사람들을 구하기 위해 잠시 생각을 접는다. 좁은 선내에서 많은 사람들이 자신의 반대 방향으로 몰리자 더 이상 앞으로 전진 할 수 없었던 것도 이유 중 하나였다. 많은 사람들을 이끌고 갑판으로 나선 그는 설치되어 있는 구명뗏목들을 하나 둘 바다 밑으로 떨어트리며 펼치기 시작한다. 다행히 주변에 어선들이 많아 구조는 수월하게 이루어질 수 있을 것이다. 배는 어느덧 거의 가라앉아 선체의 절반만이 바다 위로 얼굴을 내밀고 있었다. 사람들은 배에서 뛰어내려 구명뗏목을 향해 헤엄쳤고 근처에 어선들에 의해 구조되고 있었다. 이준은 이연을 찾기 시작했다. 아직 수많은 사람이 기울어 가는 배에서 핸드레일을 잡으며 중심을 잡고 버티고 있다. 그런 사람들 중 이연과 같이 있던 친구들을 발견한 이준은 한걸음에 그들 쪽으로 달려간다.

"얘들아 괜찮아? 배가 완전히 가라앉기 전에 어서 뛰어내려!"
"오빠! 그것보다 지금 연이가 안 보여요! 분명… 분명 저희

랑 같이 나왔는데…….."

  위태롭게 매달려 있던 친구가 한껏 상기된 표정으로 울먹이며 말했다. 그녀의 말을 들은 이준은 심장이 멈추는 것 같았다. 혈액이 몸으로 퍼지는 것이 멈춘 것처럼 손과 발이 움직임 없이 마비되고 있는 듯한 느낌을 받았다. 동생을 찾아야 한다. 어쩌면 아직 자신을 기다리며 가라앉은 배 안에서 이러지도 저러지도 못한 채 있을 수도 있었다. 반쯤 초점이 나가버린 눈으로 주변을 다시 살펴본다. 호흡이 가빠져 온다. 이연의 방으로 가지 않은 것을 미친 듯이 후회하며 자신이 탈출했던 대피로를 힘겨운 발걸음으로 되짚어 돌아간다. 배는 더욱이 기울어 이제는 중심을 잡고 서 있는 것조차 불가능했다. 선내 안으로 다시 들어온 이준은 거의 자신의 허리까지 올라오는 물들을 헤집으며 앞으로 나아간다. 그는 이연을 목이 찢어져라 부르며 물속까지 빠짐없이 확인한다. 그러던 중 멀지 않은 곳에서 도움을 요청하는 목소리가 들려온다. 여러 명의 사람들 목소리 속 이연의 목소리도 껴있는 것 같았다. 가파른 숨을 참아가며 소리가 나는 방향으로 달린다. 그가 달려간 방향에는 이연이 있었다. 그녀는 침수된 물로 인해 찌그러져 통로를 막고 있던 철문을 손으로 잡아당기고 있었다. 이연과 이준의 반대편으로는 아직 미처 대피하지 못한 여학생들이 있었는데 찌그러진 문이 통로를 막고 있어 이연을 제외한 다른 학생들은 넘어오지 못한 것이다. 그런 이들을 구하기 위해 어떻게든 문을 치워보려고 그녀는 가녀린 두 팔로 있는 힘껏 문을 잡아당기고 있었다. 이준은 그런 그녀를 큰 소리로 부르며 달려간다.

"이연!"

이연은 큰소리에 놀라 잡고 있는 문을 놓으며 어깨를 들썩인다. 이내 달려오는 이준을 보고는 꾹 참고 있던 눈물이 터지고 만다. 이준은 그런 그녀에게 달려가며 그녀를 두 팔로 감싸 안는다. 이연은 이준에 품에 안긴 채 하염없이 눈물을 흘린다.
어느덧 수면은 그들의 가슴까지 올라와 찰랑거린다. 이연을 보고 안심하던 이준의 눈에 반대편 속 학생들이 보인다. 그는 가파른 숨을 고른 후 이연에게 말한다.

"연아……. 지금 내가 달려온 쪽으로 쭉 달리면 위쪽으로 올라가는 통로가 나올 거야. 밖으로 나가면 주저하지 말고 바다에 뛰어내려. 주변에 어선이랑 구명 뗏목들이 떠 있을 거야. 오빠 동료들 보이면 바로 그쪽으로 가고 알았지?"

이준의 목소리는 살짝씩 떨리고 있었다. 이연은 흐르는 눈물을 손으로 훔친다.

"무슨 소리를 하는 거야!?, 오빠도 같이 가야지!"

이연의 목소리는 다 쉬어 버렸는지 조금씩 갈라지고 있었다.

"오빤 저 학생들만 마저 구하고 갈 거야. 걱정하지 마. 너 먼저 빨리 가"

이준은 조곤조곤한 말투로 그녀를 아이 달래듯 달랜다.

"안돼……. 나 오빠 없인 안……."
"이연!"

이준이 그녀가 하는 말을 중간에 끊고는 큰소리로 이연의 이름을 부른다. 이연은 흐르던 눈물이 멈출 만큼 놀라 두 눈 크게 이준을 바라본다. 어느덧 침수되어 들어오는 물은 그들의 어깨높이까지 올라와 있다. 더 늦으면 숨을 쉬기조차 힘들 것이라는 것은 누군가 말하지 않아도 모두들 알 것이다.

"정신 차려! 여기는 오빠한테 맡겨. 이번엔 오빠 말 들어! 걱정 마 조만간 뒤따라 갈 거야"

 이준은 소리 내어 이연에게 말해보지만, 그녀의 두 걸음은 이준의 옆에서 떨어지지 않는다. 이준은 그런 그녀를 보고는 손으로 밀어내며 가라고 재촉한다. 그런 이준의 얼굴에는 물이 튀어 오른 건지 아니면 눈물을 흘리는 건지 알지모를 물들이 떨어지고 있었다. 이연은 이준을 보며 아랫입술을 깨물며 울음을 참는다. 하지만 눈에서 흐르는 눈물은 참지 못해 촉촉하게 흘러내린다. 더 지체했다가는 꼼짝없이 갇힐 것이다. 계속 떼를 쓴다면 반대편 쪽에 있는 친구들을 구할 수 없을지도 모른다. 별 도움이 되지 못할 것이라는 것을 아는 이연은 이준의 팔에 밀려 통로 쪽으로 몸을 돌린다.

"꼭 와야 해! 밖에서 기다릴게. 무조건 와야 돼. 알겠지?"

 이준은 미소를 지어 보내며 멀어져 가는 이연을 바라본다. 그런 이연을 보며 이준은 작은 목소리로 속삭인다.

"사랑한다. 동생아"

찌그러진 물 반대편으로 보이는 학생들의 얼굴이 보인다. 시간이 얼마 없다. 물 밑에서 있는 힘껏 밀어 올리면 학생들이 지나갈 수 있을 정도의 크기는 확보할 수도 있을 것이다. 이준은 숨을 크게 들이마시고는 밑으로 잠수한다. 문을 등 뒤로 받치고는 온 힘을 다해 위쪽으로 밀어 올린다. 그는 다시 한 번 생각한다.

'연아……. 무조건 살아'

제6장

주변이 어수선하다. 조심스럽게 눈을 뜨는 이연에 머리 위로 의사 가운을 입은 사람, 자신이 부모님이라고 생각했던 사람, 친구 지혜가 이연을 내려다보고 있었다. 간신히 손가락을 꿈틀거리며 의식을 회복하고 있던 이연의 시야는 희미해져만 갔다. 천장을 밝게 비추고 있던 전등 불빛마저 혼탁해져 꺼지는 것처럼 보였다. 그녀의 눈에는 눈물이 가득 고여 있다. 주변을 둘러싸던 사람들은 당황하였지만 그래도 다행이라며 안도의 한숨을 쉬고 있다.

그녀가 자신의 어머니라고 생각했던 사람은 사실 진짜 어머니의 몇 번째 누나인지도 기억나지 않을 그런 사람이었다. 이연에게는 큰 이모쯤 될 것이다.

"이모⋯⋯."

같이 눈물을 흘리고 있던 그녀의 이모는 너무 놀라 움직임이 멈춘 듯 보였다. 힘겨운 신음 소리를 내며 몸을 조금씩 일으키던 이연을 지혜가 부축한다. 침대 벽면에 몸을 간신히 기댄 이연이 말한다. 그녀의 입술은 떨렸으며 창백했다. 얼굴에 생기조차 없어 보이던 그녀가 처음으로 꺼낸 말이 이모라는 것은 그녀가 모든 일을 기억해 냈음을 가족들은 눈치 챘을 것이다. 이연이 그들을 바라보며 말을 이어간다. 조곤하고 천천한 목소리로.

"나⋯⋯. 지금 머릿속에 있는 기억이 무슨 기억인지 모르겠어. 나한테 다 말해줄 수 있어?"

이모는 다리에 힘이 풀려버린 듯 자리에 주저앉아버렸다. 도저히 말을 이어 나갈 수 없는 상황이었기에 남편인 이모부가 입을 떼기 시작한다.

"저 지혜라고 했나? 잠시만 자리를 좀 비켜줄 수 있을까?"

지혜는 머뭇거리다 이연을 한 번 바라본다. 이연이 괜찮다는 듯 미소를 보낸다. 지혜는 밖에서 기다린다는 말과 함께 걸음을 옮긴다. 그녀의 눈에도 눈물이 고인 것 같았다. 지혜와 담당 의사가 나간 병실에는 이연과 그들만이 남아있었다. 모두가 나간 것을 확인 한 이모부는 말을 이어간다.

이연은 가만히 듣고만 있는다. 이모부는 평소에 자신이 생각했던 아버지처럼 조용하고 묵묵하게 감정을 눌러 담아 뱉어내고 있었다. 이모부에 말에 의하면 오빠와 함께 단 둘이 살고 있던 자신은 고등학교 수학여행 당시 선박 침몰 사고를 당했다. 그 상황에서 이준은 많은 사람들을 구해내고 목숨을 잃었다고 한다. 이연이 기억해 낸 기억과 같았다. 그 이후에 정신적으로 힘들어하던 자신은 새로운 인격을 만들어 내기라도 하듯 그동안에 기억들을 스스로 조작했고 자신을 간호하던 이모와 이모부를 부모님이라고 믿으며 살아갔다고 한다. 병원에서는 감당하지 못할 스트레스로 인해 뇌에 문제가 생겼고 그 문제를 스스로 해결하기 위해 기억을 조작한 것으로 보고 있었다. 그 과정에서 수많은 발작과 공황장애, 자아분열 등 계속해서 괴로워하던 이연을 위해 그들은 그녀가 만들어 낸 가짜 기억들을 진짜로 바꾸기로 했다. 이모와 이모부는 그녀의 어머니, 아버지가 되었고 이준이 나온 수많은 사진을 따로 보관했다. 겨울마다 찾아오는 두통은 아마 자신이 사고 이후 깨어난 시기와 기억을 조작하기 시작한 시기가 그쯤이라 병원에서는 그때의 후유증이라고 진단했다. 그들이 자신이 병원에 가는 것을 반대했던 이유도 미리 입을 맞추지 않은 병원을 그녀가 찾아간다면 진실을 알게 될까 봐 두려웠다고 한다.

12월 14일. 반려견 뽐이의 생일로만 알고 있던 날은 사실 이준의 생일이었다. 힘겨운 상황에도 참혹했던 참사에서 영웅으로 남겨진 이준을 나름의 방식으로 애도하고 있었던 것이다.

이야기를 모두 들은 이연의 얼굴은 생각보다 평온했다. 현실이 아니라며 날뛰어도 이상할 게 없다고 생각했지만 많은 아픔을 시간이 해결해 주듯, 참사가 일어난 이후 4년이라는 긴 시간이 흘렀다. 하지만 이내 이연의 눈에서 눈물이 흘러내렸다. 이 눈물은 이준을 잃었다는 슬픔보다 4년이라는 긴 시간 동안 자신이 그를 기억하지 못했던 것이 미안하여 흘린 눈물일 것이다. 나오는 눈물을 막아보려 두 손으로 얼굴을 감싼다. 차가운 물 속에서 천천히 죽어갔을 이준을 떠올리며…… 참사에서 생명을 잃은 사람들과 그의 가족들을 애도하며.

에필로그

'새가 지저귀고 아름다운 분홍빛 벚꽃이 피기 시작합니다.

따뜻해진 날씨에 사람들의 옷은 가벼워지고 해가 바뀌었다는 기대감에 많은 이들이 열심히 살아가고 있습니다. 그러한 세상은 따듯한 온기로 가득 차고 바다는 하늘을 머금은 듯 세상을 푸르게 덮고 있습니다. 누군가에게는 휴양지이자 마음의 안정을 줄 수도, 누군가에게는 일터이고 또 다른 누군가에게는 아픔을 가져다주었던 바다는 그들의 변화함에도 불구하고 언제나 하얀 물결을 일렁이며 그곳에 있습니다. 우리의 인생도 그럴 것입니다. 바다의 파도가 바위에 부딪쳐 하얀 눈물을 흘려도, 아랑곳 하지 않고 계속 해서 바람이라는 친구와 함께 흘러가는 것처럼, 당신의 인생도 많은 아픔과 힘듦이 있겠지만 부디 잘 이겨내시어 앞으로 힘차게 헤엄쳐 가셨으면 좋겠습니다.'

전시회에 걸린 작품 '바다'의 옆에 걸려있는 작품의 소개 글이다. 이준이라는 필명과 함께 미술관에 한쪽 벽면을 가득 채운 작품은 그녀가 그동안 그렸던 차갑고 쓸쓸했던 바다가 아닌 그 무엇보다 밝게 빛나고 있는 하얀 바다였다.

잃어버린 약속

박하

꽤 오래전부터 책을 읽고 상상하고 경험하고 직접 쓰는 것을 즐겨 했습니다. 어느덧, 습관이 되어 버린 이 행동을 지겹지 않냐고 묻는 사람들도 있었습니다. '고기는 씹을수록 맛이 나고 책도 읽을수록 맛이 난다.'는 세종대왕님의 말씀처럼, 세상은 빠르고 더 자극적인 것들로 가득 해졌지만 고요한 새벽하늘에 안기는 것처럼 책 냄새에 파묻혀 사는 시간은 제게 포기할 수 없는 시간이었습니다. 그리하여 이렇게 좋아하는 일을 나눌 수 있게 되었습니다.
좋아하는 일을 함께 나눌 기회를 가질 수 있다는 것은 참 기쁜 일입니다, 더 많이 읽고 더 많이 생각하고 더 많은 경험을 하며 여러 가지를 써 내려가겠습니다.
또 뵐 수 있는 날이 곧 오기를.

자신을 사회 부적응자로 생각하는 혜인에게 잘생긴 한 남자가 접근해 온다. 사기꾼으로 예상하던 낯선 이 남자와 계속 마주치며 점차 빠져들기 시작한다. 왠지 익숙한 느낌을 받는다.

'찾았다.'

 혜인은 어제 빌라 복도에서 만났던 남자를 떠올리고 있었다. 찾았다고 말했다. 무표정한 얼굴로 길을 걷고 있었다. 날이 좋지만, 봄바람이 보이는 살갗마다 간질이고 있었지만. 벌써 수일 겨울에 멈춰 있는 마음에는 봄이 일지 않고 있었다. 물기 없는 얼굴과 온통 구름 낀 옷차림새는 곧 장맛비라도 뿌릴 것만 같았다. 하지만 누군가 자신을 어떻게 보든가 말든가 그러거나 말거나였다. 혜인은. 남자의 얼굴을 떠올려 본다. 그저 빛, 이라는 단어가 떠오를 만큼. 그래, 잘생긴 얼굴이었다. 찹쌀떡 같은 허연 얼굴에 커다랗고 깊은 눈. 눈 색깔은 검은색이라기보다는 짙은 갈색이라고 해야 맞을 것 같았다. 혜인은 두 뺨에 바람을 넣으며 개구리 같은 얼굴로 입술을 동그랗게 말았다. 잠시 후, 뿌- 소리와 함께 바람이 새어 나왔다.

 '신종 납치수법인가?'

 오랜 생각 끝에 혜인이 내린 결론이었다. 그렇게 생각할 수밖에 없었다. 아무리 생각해도 그렇게 잘생긴 사람이 자신에게 알은체를 할 리 없다. 그게 혜인이 내린 결론이었다.

'요새 불경기라더니…… 사기꾼들도 불경기구나.'

혜인은 상상의 나래를 펼쳐갔다. 혜인의 생각에 납치나 사기 같은 건 좀 돈이 있어 보이는 사람들의 전유물과도 같았었다. 그렇지 않겠는가? 만약에 차 안을 터는 도둑질을 한다고 생각해 보자. 어차피 도둑이 될 거 경차를 털겠는가, 외제차를 털겠는가. 그런 격이라고 생각하면 될 것 같다.

추레레. 혜인은 자기 자신을 생각했을 때 떠오르는 단어는 이것뿐이라고 생각했다. 화장기 없는 맨얼굴로 다니기 일쑤고, 앞코가 해진 검은색 운동화에 검은색 바지, 그리고 검은색 후드티, 마스크로 대충 얼굴을 가리고 싸구려 검은 토트백을 손에 든 채 다니는 자신은 누가 봐도 추레레 그 자체였다.

'그 잘생긴 얼굴로 돈 많아 보이는 여자들 사기나 치면 될걸. 머리가 안 좋네. 성적과 외모는 반비례한다. 이건가.'

혜인은 허공에 머리를 휘저었다. 온종일 그 사기꾼 같은 놈 생각이 머리에서 떠나지 않았다.

'잘생겨서 그래. 잘생겨서.'

혜인은 한글 파일을 켜고 실행시켰다. 그리고 자판 위에 손가락을 올려놓고 하나하나 키를 누르기 시작했다. 사. 직. 서. 벌써 몇 번째인지 모르겠다. 혜인은 오늘도 사직 의사를 밝히고 있다. 벌써 몇 번째인지 모르겠다. 사회 부적응자. 누군가 대놓고 혜인에게 이런 낙인을 찍은 적은 없었다. 하지만 혜인은 본인 스스로가 사회 적응에 실패한 부적응자라고 이야기하고 있다. 이렇게 낙인을 찍고 나면 혜인은 이상하게 마음이 편해지곤 했다.

혜인은 눈을 감았다. 그리고 스르르 눈을 다시 떴다. 눈을 감고 다시 떴다. 이를 반복하고 또 반복해도 변하는 건 아무것도 없었다.

'찾았다.'

그 남자가 또 떠올랐다. 기억에서 지우려고 아무리 애를 써도 지워지지 않는 모습에 혜인은 결국 자리에서 일어섰다.

'대체 왜 자꾸 생각나는지 꼭 알아내고 말 거야.'라는 이상한 생각을 하면서.

간단히 민트색 목폴라 스웨터에 짙은 청바지를 입고 겉옷은 검은색 코트를 걸쳤다. 추워질지 더워질지 쉽게 가늠할 수 없는 날씨다. 이럴 땐 그냥 적당히 더운 옷차림을 선호한다. 더운 건 알아서 할 수 있다. 참을 만하다.

'아, 그러고 보니 내가 밥을 먹었던가?'

갑자기 안 하던 끼니 걱정이다. 혜인은 머리를 긁적거린다. 갑자기 이런 생각을 하곤 했다. 근데 어디서 찾지. 거기 가면 만날 수 있는 건 맞을까. 무섭다고 생각하지 않을까. 하지만 혜인은 집밖을 나섰다. 그럴 수밖에 없다고 생각했다.

'머릿속에서 안 떠나는 것은 해결해야지.'

집 밖으로 나오자마자 강렬한 태양을 만났다. 밖으로 나오자마자 빛은 비처럼 자비 없이 가차 없이 쏟아졌다. 강렬함에 혜인은 눈을 제대로 뜰 수 없었다. 삼켜진 것만 같았다.

길을 걸었다. 몸이 엿가락이 된 것처럼 길게 늘어진다. 생각에서 흐르는 말이 어눌해진다. 귓속에서 셔벗을 긁는 것 같은 간질이는 소리가 들려온다. 기분 나쁜 사스랑 소리. 두 어깨를 올리고 마치 고양이가 된 것처럼 오른쪽 뺨을 어깨 위로 긁는다. 그러자 이번엔 머리에서 불빛이 팝콘처럼 튀겨지기 시작한다. 혜인은 이 상태의 이유를 알고 있다. 또 다. 또. 계속되는 또.

'너는 왜 그 모양이니?'
'박혜인 씨, 이렇게밖에 일 못할 거면 회사를 위해서라도 그만해 주는 게 어때요? 급여가 아깝다는 말 들어본 적 있어요?'
'혜인아, 엄마는 너만 믿고 사는데…… 이렇게 실망을 주면 어떻게 하니?'

"어, 으, 으."

말라붙은 두 입술 사이를 떼고 목소리가 새어 나왔다. 혜인은 길 위를 달렸다. 숨이 턱까지 차올라 흉통이 느껴졌다. 거친 숨이 가슴을 찢고 나올 것 같았다. 그때 누군가가 혜인의 팔을 붙잡았다. 그 힘에 혜인은 몸을 돌려 뒤를 돌아봤다.

"또 찾았다."

그 남자였다. 혜인은 여전히 잦아들지 않는 거친 숨을 몰아

내쉬고 있었다. 황당해하는 얼굴로 남자의 얼굴을 바라보았다. 흐릿해진 혜인의 정신이 점점 돌아온다. 그리고 곧이어 남자의 얼굴을 또렷이 바라볼 수 있게 된다.

"어?"
"어!"

혜인이 반응하자 남자는 밝게 웃었다. 찾으려고 했다. 찾아가려고 있었다. 자꾸 기억에 남아 지워지지 않는 그 사람을 찾아서. 그런데 그 남자는 지금 혜인의 앞에 서 있었다. 햇살을 받아 더 맑은 얼굴을 하고는. 싱그럽다는 말이 어울리는 미소를 지으며.

"어디 가요?"
"어……어버…어"

그 맑은 목소리에 혜인은 말문이 막혔다. 당신을 만나러 왔어. 당신이 보고 싶어서 왔어. 당신이 머릿속에서 떠나지 않아서 왔어. 끊임없이 튀어나오는 말들을 정리해나간다.

"당신이 기억에 자꾸 남아서."

겨우 말을 꺼냈다. 감정을 표현하고 그 감정을 입 밖으로 꺼내어 뱉는 것쯤은 아무것도 아니었다. 남자는 웃을 때 눈동자가 보이지 않을 정도였다. 반달 모양으로 휘었다. 반달 모양의 눈과 마찬가지로 웃는 입. 그리고 입술 끄트머리에, 꼬리 부분에 살짝 접히는 작은 반달주름. 남자는 웃고 있는데 혜인은 등줄기가 쭈뼛 섰다. 누군가가 명치 부분을 힘껏 쳐대는 것만 같았다. 순간 헙, 하고 숨을 집어삼켰다. 제대로 몸을 가누고 서 있을 수도 없을 만큼 고통이 밀려왔다.

"우리, 바다 보러 갈래요?"

혜인의 말을 듣고도 남자는 전혀 놀라는 기색이 없었다. 친분 없는 사람이 자꾸만 자신이 생각난다고 했다. 자신을 찾으려고 했다고 말했다. 그리고 갑자기 느껴지는 통증에 태아처럼 몸을 웅크렸다. 누가 봐도 이상한 사람이었다. 그런 혜인을 보고도 남자는 전혀 동요 하지 않았다. 오히려 쬐는 햇볕을 등으로 막아 주저앉아 있는 혜인을 바라보았다. 곧바로 비가 내릴 것만 같은 슬픈 얼굴로.

"바다요?"

겨우 정신을 차린 혜인이 남자에게 말했다. 남자는 대답하지 않았다. 그저 혜인을 바라볼 뿐이었다. 그 눈빛에서 혜인은 눈을 뗄 수 없었다. 아는 눈빛, 그리고 숨기고 있는 것 같은 눈빛, 감정이 담긴 그런 눈빛이었다.

"바다, 좋아하지 않아요? 봄 벚꽃도."

 싫어하는지 묻는 것도 아니었다. 좋아하지 않느냐는 물음이었다. 어떻게 보면 앎이 들어가 있는 문장이었다. 혜인은 그런 모든 생각들을 판단하고 생각할 겨를도 없이 고개를 끄덕였다.

"좋아해요."

 혜인이 굳게 닫혀 있던 두 입술 사이를 떼며 말했다. 그때 굵고 묵직한 것이 정수리 부근을 세게 내리친 것만 같았다. 강한 통증에 혜인은 고개를 퍽, 숙였다. 머릿속이 엉켜버린 것만 같았다. 어지러웠다. 구토가 나올 것 같았다.

"나도…… 나도 좋아해요."

남자가 말했다. 혜인에게 기억나지 않는 어떤 장면이 묵직하게 지나갔다. 무슨 기억인지 어디서 온 기억인지 되살리려고 애를 쓰고 또 애를 썼지만, 쉽사리 생각나지 않았.

"그럼 갈까? 요?"

 이번에는 혜인이 먼저 말했다. 그리고 남자의 손을 붙잡았다. 손을 잡고 길을 걸었다. 남자는 혜인의 손길을 뿌리치지 않았다. 그저 그녀의 손에 이끌려 걸어갈 뿐이었다.

"그런데…… 이름이 뭔지 물어봐도 돼요?"
"음…… 호야?"
"호야?"

 혜인은 호야라는 단어를 곱씹어 보았다. 흔하지 않았지만 묘한 이름. 그래, 그러니까.

"호야! 호야! 기다려! 야! 천천히 가!"

 혜인과 호야의 옆을 지나쳐 한 여자와 개 한 마리가 지나갔다. 갈색 윤기 나는 털의 레트리버 한 마리였다.

"그래, 호야. 꼭 멍멍이 이름 같다."

혜인은 순간 내뱉은 말에 몸을 움찔거렸다. 그리고 두 손으로 본인의 입을 틀어막았다. 무례한 말이었다. 혜인은 이상한 기분이 들었다. 어쩐지 꼭 이 느낌을 경험한 것 같은 기분. 이 장면이 익숙한 것 같은 기분. 낯설지 않은 기분이었다. 남자는 낯선 사람이었다. 잘린 테이프처럼, 화면 송출이 제대로 되지 않아 지직거리는 텔레비전 화면처럼. ㅁㅜㅇㅅㅇㅣㄱ…….

"괜찮아? 어디 아픈 거야?"

혜인은 몸을 비틀거렸다. 제대로 힘을 주어 바닥에 발을 지탱하고 서 있었다. 헉, 소리가 날 만큼 무거운 무언가에 짓눌리는 것 같았다. 어쩐지 연한 피부조직까지 파고든 날이 선 느낌이 종이를 찢듯 자신을 찢는 것만 같았다.

"어, 내가 왜 이러지. 괜찮아요. 괜찮아."

혜인은 순간 호야라는 남자가 자신에게 말을 놓았던 것조차 잊게 되었다. 무언가 억눌려 있었던 것이 덮어두었던 막을 뚫고 튀어나올 것 같았다.

"아, 나 오늘 진짜 이상하네. 아니, 원래 이상했던 건가."

혜인은 왈칵 눈물이 쏟아졌다. 기억 속에 남자, 잊히지 않았던 남자를 만났다. 그 남자의 이름을 알게 되었고 그 남자와 바다에 가게 되었다. 분명 좋아해야 하는데 상황과 맞지 않는 이 감정은 무엇일까.

혜인은 겨우 마음을 추스른다. 그리고 남자의 손을 잡고 길을 걷기 시작했다. 날씨가 아직은 조금 쌀쌀했다. 그 기운에 그녀는 두 어깨를 움츠리며 몸을 움찔했다.

"추워? 춥구나…… 어쩌지 안아주고 싶은데 그럴 수 없고."

혜인은 두 입술을 비죽 내밀며 오물거렸다.

"안아달라고 한 적 없거든? 그리고 요즘 아무한테나 그러면 범죄야. 그리고 왜 반말이야?"

그러데이션 분노. 아니 그러데이션 짜증이라고 하면 더 알맞을 것 같다. 혜인은 남자에게 말을 하면 할수록 괜스레 남자가 괘씸해졌다.

버스터미널에 도착한 혜인은 바다로 강원도로 가는 표를 끊었다. 그리고 버스에 몸을 실었다. 갑자기 아무 이유 없이 어떠한 계획도 없이 가는 나다움이 없는 그런 출발이었다. 생각과 몸이 반대로 움직이고 있었다.

그리고 모든 것은 이 남자를 만나고 나서였다. 혜인은 자신도 모르는 사이에 남자의 어깨에 기대어 쉬고 있었다. 딱딱한 어깨에 머리를 기대고 있지만 이상하게 그리운 느낌을 지울 수 없었다.

'내가 도대체 뭘 잊어버리고 있는 거야.'

혜인은 답답함에 숨이 막혀 왔다. 그리고 문득 자신이 남자의 어깨 위에 고개를 대고 있다는 사실을 알아차린다. 하지만 남자는 아무 기색도 하지 않았다. 싫은 내색도 기쁜 내색도 여타 다른 감정의 모든 것을 담고 있지 않았다. 느껴지는 아픔이, 통증이 혜인은 버거워졌다.

"좀 자도 괜찮아……."

남자의 말에 온몸에 힘이 풀려갔다. 이상했다. 혜인은 남자의 어깨 위에 기대어 쉬어 모든 긴장도 예민함도 생각도 내려놓았다.

'혜인아! 혜인아!'

자신의 이름. 부르는 소리. 그 소리를 들은 혜인은 감정이 울컥 치밀어 올랐다. 온도, 습도, 사부작거리는 소리. 모래알. 뺨을 간질이는 바람. 개중에 살갗에 숨어드는 비릿한 냄새. 그것은 그리움. 강하게 그리고 납작하게 누르던 그리움이 결국 참지 못하고 수면 위로 올라왔다.

"호야…… 호야…… 산호야."

혜인의 물기 어린 눈가에 점점 아픔이 차오르기 시작했다. 혜인은 감았던 눈을 살며시 뜨기 시작했다. 그녀의 옆에는 여전히 남자가 앉아 있었다.

"산호야…… 산호야."

혜인은 남자의 품을 파고들었다. 찾았다. 잊고 있었던 그리움. 잊어버린 기억. 그리고 쿵. 때린 기억이 혜인에게 떠밀려 들어왔다.

※※ ※※ ※※

"야, 김산호."

혜인은 뾰로통한 표정을 지으며 산호를 올려다보았다. 치켜 올려다보는 시선에 산호는 썩 곤란한 표정을 지었다.

"진짜 미안해. 응? 혜인아."

산호는 눈을 질끈 감았다. 그리고 혜인에게 깊이 고개를 숙였다. 사과에도 혜인의 기분은 쉽사리 풀릴 기세를 보이지 않았다.

"몰라. 짜증 나. 열 받아!"
"미안해 진짜, 오늘도 겨우 시간 낸 거야."
"이 병원은 의사가 너밖에 없어? 만날 내가 병원 앞까지 와야 겨우 얼굴 볼 수 있고!"
"조금만 기다려 주라, 응?"
"벚꽃 보러 가고 싶었는데…… 바다도 보러 가고 싶었는데! 벚꽃은 지금 아니면 다 져버리는데."

산호는 곤란한 얼굴로 머리를 긁적였다. 잠을 많이 자지 못했는지 얼굴은 퀭하게 아니 얼굴 자체가 많이 상해 보였지만 여전히 다른 사람들 눈에 띄는 외모였다. 혜인은 산호의 머리를 손으로 정리해 주었다. 그리고 옷매무새도 옷깃에 묻은 먼지도 손으로 탁탁 털어주었다. 혜인은 뾰로통한 표정을 풀고 안쓰럽게 산호를 쳐다보았다.

"투정 부려서 미안해. 호야."
"아니야. 내가 미안하지."

대학 캠퍼스 커플. 그리고 서른. 혜인과 산호는 함께 어른이 되었다. 한참 감정에 젖어 있는 혜인과 산호 앞에 휴대폰 벨소리가 울렸다. 혜인의 눈썹이 실룩였다. 산호는 혜인의 눈치를 살폈다. 혜인은 표정을 풀고 웃었다.

"전화 받아. 괜찮아. 병원 전화잖아."

혜인이 말하자 산호는 전화를 받았다. 곧 표정이 바뀌며 의학 용어를 써가며 이야기를 한다. 혜인은 응급상황임을 짐작하였다. 전화를 받으며 자신을 바라보는 산호를 향해 병원에 들어가라는 듯한 손짓을 취한다. 산호는 병원 안으로 뛰어 들어갔다.

혼자 남겨진 혜인은 가슴이 텅 빈 것 같은 느낌이 들었다. 나이를 먹을수록 점점 자신과 다른 공간에서 다른 시간을 보내는 양이 많아진 남자친구. 그 사람을 이해해야 한다고 끊임없이 생각했다. 채찍질하고 마음을 다잡아도 어쩔 수 없이 밀려오는 외로움은 견디기 어려웠다.

"김산호 없으면 벚꽃 못 보나? 나 혼자 보면 되지 뭐."

팔도 일부러 힘차게 손을 뻗고 휘둘러보기도 했다. 그래도 쉽사리 기분이 풀리지는 않았다. 나아지지 않았다. 하늘을 올려다보았다. 바람 한 점 불어오지 않는 하늘에는 햇볕이 들고 있었다. 바람에 깃든 봄의 냄새가 불어왔다. 외로운 마음에 그 냄새가 불어오면 혜인의 기분은 더욱더 바닥으로 치닫는 것만 같았다.

'꽃은 무슨 꽃이야 집이나 가자.'

혜인은 터벅터벅 집으로 들어왔다. 혼자 사는 십 평 남짓한 빌라. 이곳은 혜인의 작업공간이자 집이다. 이곳에서 혜인은 프리랜서로 일했다.

혜인은 책상 앞에 앉지 않고 바로 침대 위에 몸을 던졌다. 마치 냉동 연어를 창고에 던져놓은 것처럼 그대로 슬라이딩하듯 침대 위에 몸을 뉘었다. 괜히 자신이 산호의 마음을 불편하게 한 것은 아닐까 싶어 혜인은 찝찝한 마음이 들었다. 그리고 미안했다.

'나하고 앞으로도 계속 안 맞을지 몰라…… 내가 산호의 인생에 짐이 되는 건 아닐까? 가는 길이 다르니까. 산호랑 나는…….'

혜인은 생각이 많아 흘러넘칠 지경이었다. 계속 생각들을 곱씹고 생각하고 짐작하다가 혜인은 곧 잠에 빠졌다.

혜인이 일어나게 된 것은 번쩍이는 휴대전화 불빛과 소리 때문이었다. 혜인은 귀를 찌를 듯한 벨 소리와 불빛에 인상을 찌푸렸다. 액정 화면을 쳐다보았다. 전화를 건 사람은 산호였다. 혜인은 헛기침을 하고 목소리를 끌어 다듬었다. 한숨도 후, 하, 후, 하. 모든 준비를 마친 후 끊어질까 싶어 겨우 전화를 받았다.

"여보세요?"
"어, 혜인아? 잤어?"
"일 끝났어? 나는 작업하고 있었지."

거짓말. 하지만 혜인은 어쩐지 산호에게 자신도 못지않게 바빴다는 것을, 자신만 기다리지 않았음을 알려주고 싶었다.

"그래? 그럼…… 나랑 바다 보러 갈래?"
"바다?"
"응, 해 뜨는 것도 보고. 강원도 갈까? 지금 가면 딱 해가 뜨는 거 볼 수 있을 거 같아."
"응! 갈래!"

모르겠다. 혜인은 포기했다. 어떤 모습을 보일지 수없이 생각했고 다른 모습을 보일 것이라 수없이 다짐했지만, 말짱 도루묵이 되었다. 밀고 당기기? 연극? 이런 건 모르겠다. 혜인은 지금 이 순간 감정에 충실해지기로 했다.

"그럼 내가 차 끌고 집 앞으로 금방 갈게."
"응! 기다릴게!"

목소리에는 흥분감과 기대감을 감출 수 없었다. 사실 헤어지는 것이 더 낫지 않을까, 이런 생각을 하기도 했었던 터다.

'나는 어쩔 수 없다.'

혜인은 생각했다. 전화를 끊자마자 혜인은 화장실로 달려갔다. 머리를 잔뜩 헝클이며 잠자리에 든 탓에 몰골은 말이 아니었다. 이 모습을 산호에게 보여줄 수 없다. 혜인은 생각했다. 화장실로 달려간 혜인은 우선 칫솔에 치약을 묻혀 입안에 물었다.

'속옷, 속옷. 옷! 옷!'

우당탕탕. 지금 혜인의 모습을 이 단어만큼 잘 설명한 단어는 없을 것이다. 강원도 바다를 이 시간까지 가게 된다면 혹시 모를 비상 상황에 대비해야 했다.

'이럴 줄 알았으면 집에 오는 길에 맥주 사지 말걸.'

혜인은 아까 먹었던 캔맥주와 과자에 후회의 한숨을 내뱉었다. 하지만 소용없는 일이었다. 혜인은 기분 내키는 대로 사들이고 한 번도 입지 않았던 속옷 세트를 꺼내었다. 어느새 거품이 입 안 가득 차올랐다. 누군가 예능프로그램에서나 나올 법한 BGM을 튼 것처럼 정신없이 준비했다.

'병원에서 우리 집까지 차를 타고 오면 이십 분 정도 걸릴 거야. 할 수 있어.'

모든 동선과 신호 걸릴 시간까지 계산하여 혜인은 정신없이 준비를 끝냈다. 마지막 향수까지 뿌리고 나니 휴대전화가 다시금 울리기 시작했다. 산호였다.

"응, 산호야."

혜인은 숨을 고르고 목소리를 큼, 큼. 헛기침으로 다듬다가 전화를 받았다. 아무것도 아닌 듯 아무 일도 없었다는 듯 태연한 모습이었다.

"혜인아 나야, 산호. 준비됐어?"
"당연하지! 지금 나갈게."

예스. 혜인은 마음속으로 다행이라고 외치며 챙겨놓았던(이라고 쓰고 쑤셔 박았다고 읽는다) 짐을 들고 밖으로 나갔다.

짐을 들고 바깥으로 나가자 산호가 차에서 내려 혜인을 기다리고 있었다. 산호가 입가에 미소를 띠며 서 있었다.

'나는 역시…… 산호가 좋다.'

혜인은 생각했다. 산호는 혜인이 들고 내려왔던 짐을 대신 들고 트렁크 안에 넣었다.

"또 이렇게 잔뜩 들고 올 줄 알았어."
"아냐, 별로 못 챙겼어."

혜인은 머리를 긁적였다. 선호는 채 다 마르지 않은 혜인의 머리를 힐끔 보고는 피식, 웃음을 지었다.

"춥다. 얼른 타자."
"응!"

혜인의 목소리는 전보다 조금 더 상기 되었다. 항상 바쁜 산호가 쉽게 낼 수 없는 시간이라는 것을 혜인도 역시 잘 알고 있었다. 그래서 더 이 기회를 놓치고 싶지 않았다. 산호는 조수석에 오른 혜인의 안전띠를 직접 매주었다. 가까이 다가오는 산호에게서 시원한 박하 향이 났다. 혜인은 그런 산호를 바라보며 입가에 미소를 띠었다. 혜인이 가장 좋아한다고 늘 말하던 그 향기였다.

시동을 걸고 차는 강원도를 향했다. 혜인은 피곤할 것 같은 산호를 대신해서 운전하고 싶었다. 하지만 할 수 없었다. 혜인은 몇 년째 운전을 한 적이 없었기 때문에.

'산호 피곤하겠다. 산호 다시 바빠지게 되면 내가 운전 연수 받아야겠다.'

혜인은 입술을 굳게 다물었다.

"혜인아, 우리 강원도 가면 카페도 갈까?"
"응! 카페거리 꼭 가자! 꼭!"

혜인은 어린아이처럼 대답했다. 산호는 혜인에게 들릴 듯 말 듯 혼잣말로 귀여워, 라고 말했다.
늦은 시간이라 주위는 어두웠지만 지나다니는 차는 많지 않았다. 막힘없이 도로에서 산호와 혜인의 차는 움직였다. 처음부터 재잘재잘 떠들던 혜인은 더 재밌는 이야기를 꺼내기 위해 머리를 짜냈다.

 사거리. 신호를 기다리던 산호는 신호가 바뀌고 다시 차를 움직였다. 그때였다. 쾅. 소리와 함께 혜인의 의식도 함께 꺼졌다. 혜인은 겨우 무거운 눈을 치켜들었다. 온몸을 칼로 난도질한 것처럼 움직이기 힘들었다. 머리는 빨래통에 넣은 것처럼 어지러웠다.

 "정신이 드니?"

 제일 먼저 본 사람은 혜인의 엄마였다. 그리고 천장을 기어 다니는 지렁이들. 삑, 삑. 들리는 소리. 그리고 자신의 얼굴 위에 올라와 있는 불편한 플라스틱 느낌. 차가운 바람. 혈관을 타고 올라 팔뚝의 살갗을 따끔하게 만드는 혈관주사. 찝찝한 느낌.

 "산호는?"

 혜인은 밀려오는 공포에 온몸을 집어삼킨 기분이었다. 작고 곧 사라질 것 같은 가느다란 소리로 산호의 이름을 부르자 혜인의 엄마는 머뭇거리더니 곧이어 말을 했다.

"가해 차량이 음주운전이라더라. 너희 차 박고 그 자리에서 죽어서 책임도 못 묻고…… 너만 간신히 살았어. 산 사람은 살아야 하지. 어떻게 하냐. 어?"

혜인의 엄마는 구구절절 말들을 늘어놓았다. 혜인은 온몸이 엿가락처럼 길게 늘어졌다. 그리고 숨도 제대로 쉴 수 없을 만큼, 누군가가 심장을 짓누르는 것처럼, 살갗이 찢겨 나가는 것처럼 아픔이 밀려왔다.

"아, 악! 악!"

혜인은 비명을 질렀다. 악을 쓴다는 표현이 더 맞을지도 몰랐다. 혜인은 팔뚝에 껴 있는 주삿바늘을 강제로 빼고 비틀거리며 침대 앞에 섰다.

"어디 가!"
"산호 보러. 산호 봐야 해. 내 눈으로 산호 봐야 한다고!"

혜인은 이성의 끈을 놓고 초인적인 힘을 내며 발버둥 쳤다.

병실에서 들리는 비명에 의료진들이 달려왔다.

"없어! 이미 장례 끝났어! 너 석 달 동안 잠만 잤다고 이 계집애야! 너도 간신히 살았어! 엄마 죽는 꼴 보고 싶어? 어?"
"박혜인 씨, 진정하세요."

의료진들이 혜인의 몸을 붙잡고 침대 위에 겨우 앉혔다.

"그럼 나도 죽이지! 나도 죽여버리지! 내가 살아서 뭐 해, 산호 죽고 내가 어떻게 살아! 산호 없이 내가 어떻게 살아!"

매일 울고 울부짖고 비명을 지르고 꿈속에서도 수도 없이 산호는 혜인 앞에서 죽어갔다. 피를 흘리며 희미해지는 눈빛으로 자신의 이름을 부르는 모습. 그 플래시백이 수십 번 수백 번 스쳐 지나갔다.

** ** **

꿈인가. 혜인은 자신 앞에 다시 나타난 산호의 모습이 믿기지 않았으나 또 믿을 수밖에 없었다. 그날 이후 혜인은 살아 있지만 살아 있지 않았고, 죽지 않았지만 죽은 것과 다름없었다. 일도 그만두었고 집 밖으로 나오지 않았다. 간간이 부모님이 가져오는 음식들을 먹고 침대 위에 앉아 있다가 컴퓨터를 켜놓은 채로 자신이 누구인지 무슨 일을 했는지 점점 잊어가고 있었다. 혜인의 삶은 약속을 잃어버린 그 시간 그 장소에 멈춰 있어 흐르지 않았었다.

그런 자신에게 다시 온 산호. 혜인에게 진실은 중요하지 않았다. 오히려 더 깊이 산호의 품에 파고들었다. 모든 것이 하얗게 물들었었다. 둑이 무너졌다. 그러자 둑이 막아두었던 기억의 바다가 혜인에게 쏟아지기 시작했다. 자신의 색깔을 잃은 어찌할 바를 모르겠는 하얀 기억의 바다가.

고래버스

그랭

안녕하세요. 저의 이름은 '그랭'이구요, 저를 소개할 만한 거창한 흔적은 아직입니다.
사람만큼이나 이야기도 가득한 세상입니다. 그들을 읽고 듣기만 하다가, 이제 시작점이 되어 보기로 마음 먹었습니다. 저의 이야기가 글자들을 통해 여러분들에게 닿아 또 다른 이야기로 흘러갈 수 있길 바랍니다.

사진작가 미정은 사진이 평범하다는 이유로 여러 회사로부터 계속해서 거절당하자 자살을 결심한다. 강원도의 한 바다에 몸을 던졌고, 신비한 고래 속으로 들어가게 된다.

1

 미정이 내뱉는 숨은 일정한 박자로 거칠게 나왔다. 간혹 그 박자를 무너뜨리는 급한 호흡이 입으로 들어갈 때면, 큰기침이 그 뒤를 따라 나왔다. 그때마다 미정을 깨워야 하나, 저러다 숨이 넘어가는 거 아닌가 하는 이런저런 생각에 나 혼자 안절부절 못하였다. 그 고민을 다섯 번쯤 했을 때 미정이 눈을 떴다. 나는 황급히 간호사를 불렀고 곧 의사 한 명이 와서 미정이의 의식을 확인하는 듯했다. 의사 말로는 몸에 큰 이상은 없지만 바다에 빠져 의식을 잃은 상태로 얼마나 있었는지 확인이 어려우니, 병원에서 이틀 정도 경과를 보는 게 좋을 것 같다고 했다. 미정이는 그런 의사의 말에 자기는 1인실이 좋다며 거기로 보내달라고 했다.

 안타깝게도 미정을 위한 1인실은 없었다. 하지만 배정받은 3인실의 나머지 침대가 전부 비어있는 것을 봐서는 당분간 이 병실은 미정의 것이었다. 여행을 위해 꾸린 캐리어는 그대로 병원 생활을 위한 준비물이 되었다. 환자 미정을 대신해 접수하고, 짐을 옮기고, 미정의 부모님께 연락드리고 나서야 겨우 미정과 대화할 시간이 생겼다. 나는 미정에게 그래도 부모님이 오셔야 하지 않겠냐고 물었지만, 전라도에서 강원도까지 오시게 하는 게 더 번거롭고 불편하다며 미정은 끝끝내 만류했다. 이제 얼떨결에 보호자가 된 내가 미정에게 질문할 시간이었다. 도대체 어디서부터 어떻게 물어봐야 할지 잠시 고민하던 나에게 미정이 먼저 입을 열었다.

"사랑해."
"저기 혹시 바닷물에 뇌가 절여졌니?"

나의 답변에 미정은 파하- 하고 큰 숨을 내뱉으며 웃다가, 몇 번의 기침으로 웃음을 마무리했다. 아마 그녀의 몸이 아직 육지의 공기를 온전히 받아들일 준비가 안 된 모양이었다.

"그래도 사랑해. 내 가족, 친구들, 이 세상의 모든 동식물들, 전 인류를 사랑하듯이 말이야."
"뭐 바다에 빠져서 예수라도 만나고 온 거야? 믿음, 소망, 사랑 그중 제일은 사랑이라는 깨달음을 얻었어?"

"왜 이렇게 퉁명스러워, 그냥 좀 받아주면 되지."
"네가 나였으면 그럴 수 있어? 갑자기 사라져서는 병원에 이 꼴로 나타난 너를 내가 어떻게 받아줘야 해?"

"갑자기 사라져서 걱정시킨 건 미안해. 근데 그게 원래 내 목적이었거든."

"어쩐지 이상하다고 생각했어."

미정은 2주 전에 갑작스럽게 나에게 여행을 제안했다. 그것도 바다가 있는 곳으로. 그녀는 평소에 바다라면 질색했다. 바다에 들어가는 건 물론이고 보는 것도 싫어했다. 어쩔 수 없이 바닷가에 가야 하는 상황이 생기면 아프다는 핑계로 숙소에 박혀 있다가 한참 뒤에 다른 사람들이 몸에 흠뻑 묻혀온 바다 내음을 흘끗 맡기만 했다. 오래전 대학교 동아리 엠티로 가게 된 속초에서 그런 미정의 모습을 처음 알았다. 그녀는 숙소 밖으로 잘 나오지 않았고, 창밖에 펼쳐진 멋있는 동해 바다의 풍경도 보기 싫었는지 커튼을 쳐 놨었다. 참 아이러니한 건, 그녀가 해산물은 매우 좋아한다는 것이다. 엠티 첫 날 밤, 회장이 아는 아저씨께 얻어온 회 몇 접시 중의 하나는 분명 미정이 먹어 없앴을 것이다. 정신없이 회를 집어 먹는 그녀를 나는 쳐다봤고, 그런 나에게 그때도 미정이 먼저 입을 열었다.

"바다 싫어하는 애가 회는 저렇게 잘 먹나 싶지?"
"아무래도 그렇게 생각이 되지?"

"나 어렸을 때, 가족들이랑 같이 바다에 놀러 갔었거든. 그때만 해도 바다를 좋아했지. 바다가 부드럽게 물결치며 나에게 다가와서 부딪히는 그 느낌은 평소에 잘 경험하기 힘들잖아. 친척 오빠가 장난치겠다고 날 바다 깊숙한 곳에 던지지만 않았어도 여전히 그랬을 거야."

"아…… 트라우마 같은 거구나."

"그럴걸? 그날 내 몸에 있는 모든 구멍으로 바닷물이 쳐들어와 나를 잠식해 가는 걸 느꼈어. 내가 느끼던 상냥한 파도는 없고, 바다에 종속되지 않은 날 없애버리겠다는 심보를 가진 바다를 마주한 거야. 열심히 사지를 휘둘러봐도 그 속에서 날 구해낼 방법이 없더라."

"우리 꽤 어렸을 때부터 친구였는데, 왜 지금에서야 안 거지?"

"내가 처음 말해주는 거니까. 우리 같이 바다에 온 것도 이번이 처음이잖아. 어쨌든 그날 나는 잘 살아남았고, 지금 이렇게 앉아서 회도 먹고 있네."

"회 먹을 때는 괜찮은 거야?"

"이게 내 최선의 극복 방법이야. 애네들은 강하잖아. 내가 느낀 음습한 바다를 온몸으로 이겨내고 생명을 이어간 존재들이니까, 얘네를 먹는 행위로 내가 그 트라우마를 조금씩 이겨내고 있는 거라고 해야 하나."

"음…… 그럴듯해."

"그리고 맛있잖아."
"얼마나 먹어야 그 트라우마를 다 이겨낼 수 있는데?"
"아마도…… 평생?"

 미정이는 오늘에 이르는 동안 얼마나 많은 해산물을 먹어 치운 걸까. 그들의 희생으로 이젠 바다를 마주해도 아무렇지 않아서, 바다에 빠진 채 모르는 이에게 발견되어 내 앞에 나타난 걸까. 미정이는 왜 바다에 있던 걸까. 이게 궁금하다 한들 내가 이걸 미정이에게 물어보는 게 맞는지, 그 답을 듣게 된다면 그녀의 입에서 나오는 말 한마디 한마디의 무게를 내가 감당해 낼 수 있을지 의문이었다.

"내가 이 세상에서 사라져도 될 것 같다고 생각했어. 너도 알잖아, 어렸을 때 내가 겪은 일. 나를 삼켜버린 바다. 그 바다라면 나를 없어지게 할 수 있을 거라고 확신했어."

내 눈치를 보듯 조심스레 미정이는 말을 꺼냈다. 나는 두어 번 눈을 질끈 감았다 떴다. 확실히 내가 감당하기 어려운 말이었다. 그녀에게 위로의 말을 건네야 할지, 다그치는 말을 쏟아내야 할지, 그것도 아니면 손을 붙잡으며 살아있으면 된 거라고 말을 해야 할지. 무슨 말이든 해야 할 것 같은데 차마 입이 잘 떨어지지가 않았다.

"근데 말이야, 너 고양이 버스 알지? 그 일본 애니메이션에 나오는."

머릿속이 어지러워 한참을 가만히 있던 나에게 다시 미정이 꺼낸 말은 정말이지, 전혀 상상할 수도 없는 것이었다. 그 덕에 내 안을 가득 채웠던 갖가지 말들은 각각의 점들이 되어 고양이 버스의 머리, 몸통, 다리, 꼬리로 변해갔다. 나는 고양이 버스를 떠올리곤 고개를 끄덕였다.

"나 그거 타봤어, 바닷속에서."
"바닷속에 고양이가 어딨어."

"야, 나는 네 입을 자물쇠로 잠가놓은 줄 알았다. 열쇠도 없는데 말이야."

"왜 갑자기 고양이 버스 타령이야."

"사실 고양이가 아니긴 해. 같은 고 씨이긴 한데. 고-오-래 버스."

"고래 버스? 너 아직 정신이 완전히 돌아온 게 아닌 가 본데."

나는 미정이의 상태가 심히 걱정됐지만, 보물 지도라도 알아낸 듯 흥미진진하게 그리고 아무도 모르는 미지의 세계를 정복한 듯 의기양양하게 미소 짓는 그녀를 보며 적어도 내가 걱정할 만큼 나쁘지는 않은 것 같다는 생각에 조금 안심했다. 미정은 나에게 오늘과 내일 일정을 물어보면서 자기를 두고 관광을 다녀올 게 아니라면 자기가 하는 이야기를 들어보라고 했다. 나는 저 혼자 신난 미정이 얄미워서 '너 두고 혼자 다녀오면 편하고 좋을걸.'이라고 말하긴 했지만, 사실 그놈의 고래 버스가 뭔지 궁금해 선심 쓰는 척 얼른 얘기나 해보라고 덧붙였다. 미정은 단호하게 한 마디를 던졌다.

"내가 지금부터 하는 이야기는 처음부터 끝까지 꾸밈없는 사실임을 밝혀두는 바이다."

2

"미정 씨, 팀장님이 같이 하는 건 좀 힘들 것 같다고 하시네."

"혹시 이유를 알 수 있을까요?"

"미정 씨도 알잖아, 홍 팀장 깐깐한 거. 나는 미정 씨 사진 좋아하는데, 저 눈에는 그게 아닌가 봐……. 사진들이 좀 평범해서 본인 프로젝트랑은 안 맞는 것 같대."

평범. 평범. 도대체 몇 번째 듣는 말인지 모르겠다. 벌써 10번째 거절 연락이었다. 포트폴리오만 수십 번 돌렸고, 그중에 내게 온 연락들은 죄다 미안하다, 어렵게 됐다, 다음 기회에 만나자, 등등 다양한 말들로 나를 밀어냈다. 밀려나더라도 왜 밀려나는지 제대로 된 이유를 알고 싶은데, 그들의 입에선 늘 똑같은 말이 흘러나왔다. '너무 평범해.' 망할. 평범하다는 게 뭘까. 처음에는 내 사진이 프로젝트가 추구하는 방향과 달라 평범하다는 말로 대충 둘러댔겠거니 했다. 그런데 10번이나 같은 소리를 듣는 건 분명 문제가 있어 보였다.

열세 번째 거절 연락에서도 그 소리를 들은 나는 결국 내게 연락해 온 담당자에게 캐물었다. 평범이라는 게 뭔지, 내가 떨어진 이유가 정확히 어떻게 되는 건지 알려달라고 떼쓰듯이 말이다. 담당자는 잠깐 머뭇거리더니 스튜디오 대표에게 전화를 넘겼다. 아마도 그가 주변에 있었던 모양이었다. 대표는 안절부절못하던 담당자를 대신해 나의 질문에 답하기 시작했다.

"평범이라는 게 어려운 개념인가요?"
"아니죠, 다만 그 한 단어로 떨어진 사유를 설명하기엔 부족하다고 생각합니다."

"우리가 떨어트린 사유를 굳이 본인에게 설명할 이유는 없다고 생각해요. 우리의 방향과 맞지 않았고, 말 그대로 평범한 사진들이었어요. 이번에 우리 프로젝트에 참여하기로 한 사진작가들의 작품 몇 점을 메일로 보내드리죠. 한 번 확인해 보세요."
"제가 보는 것과 다를 수……."

진상 취급을 당한 모양이었는지 말이 채 끝나기도 전에 전화가 끊겼다. 그리고 몇 분 뒤 메일이 도착했다. 같은 구도, 같은 사물, 같은 색감. 메일 속 사진과 내 사진을 한참이나 들여다봤지만 왜 그 사람의 것은 특별하고 내 것은 평범한지 알아내지 못했다. 그래도 내가 뭔가 부족한 게 있겠지 싶어, 그 사람의 사진에 남아있는 것과 최대한 비슷하게 찍어봤다. 100

장, 150장, 200장…… 사진의 수가 늘어가도 여전히 나는 제자리였다. 그리고 열네 번째 전화가 왔다. 여전히 탈락을 알리는 전화였고, 목소리는 이전의 전화 내용을 되풀이했다. 나는 또 물었다. 평범하다는 뜻이 뭐냐고. 그리고 그 사람은 귀찮은 모양새로 답했다.

"당신 사진이 우리에게 있든 없든, 변하는 건 없다는 뜻이에요."

 누군가가 사진이 무엇이냐 물어보면, 나 스스로를 표현하는 가장 적나라한 수단이라고 답하며 살아왔다. 그런 나의 사상대로라면, 내 사진이 평범한 이유는 내가 평범해서다. 콩 심은 데 콩 나고 서미정 심은 데 서미정이 나는, 너무나 당연한 결론이었다. 내 사진에 문제가 있는 게 아니라 그 사진을 만들어 낸 나에게 원인이 있다는 것을 왜 열네 번이나 얻어맞은 후에 깨달았을까. 열다섯 번째 연락이 왔다. 핸드폰 화면에 뜬 메시지의 요지는 다음에 좋은 기회가 있다면 다시 만나자는 것이었다. 내 사진은 기약 없는 그 어느 때에 존재하는 허상이다. 나는 이번이 아니라, 지금이 아니라 그 어느 때의 사람이다. 지금의 나는 있어도 없어도 상관없는 그런 사람이다.

사라져야겠다. 초침이 매 순간 가리키는 시간이 나를 위한 게 아니라면 그게 좋을 것 같았다. 죽고 싶은 건 아니었다. 죽는 건 생명이 끊어지는 것이지만, 난 그저 지금을 원하지 않을 뿐이었다. 무언가가 나를 이 공간에서 도려내 줬으면, 한입에 삼켜버려 줬으면 했다. 그리고 내 머리 속을 스쳐 지나간 건 어렸을 적 나를 순식간에 이 세상과 단절시켜 버린 그 바다였다. 나는 현주에게 전화를 걸었다. 2주 뒤에 바다에 가자고 제안했고, 현주는 그런 내가 미덥지 않은 모양이었지만 알겠다고 했다.

나의 일방적인 약속대로, 나와 현주는 강원도의 한 바닷가 근처 숙소에 짐을 풀었다. 밤이 되고 사람들이 각자의 잠자리를 찾아 들어갈 무렵, 나는 혼자 산책하러 간다는 말을 남기고 바닷가로 향했다. 해가 진 바다는 더욱 그 속을 알 수 없었다. 그리고 언제라도 나를 삼킬 준비가 된 것 같았다. 나는 망설이지 않고 걸음을 내디뎠다. 바닷물이 나의 다리를 휘감고 팔을 붙잡고 눈을 감기고 마침내 땅에서 분리시켰다. 이제, 나의 현재는 사라진다.

……고 생각했다. 그런데 어느 순간부터 나는 마치 아무것도 없는 무중력의 공간에 떠 있는 느낌을 받았다. 끊임없이 입

과 코로 들어오던 바닷물도 공격을 멈췄다. 혹시 나 죽어버린 건가 생각하는 찰나, 볼에 무언가 와 닿았다가 작게 폭-하고 터지는 느낌이 들었다. 몇 번이고 반복되는 작은 자극에 나는 슬그머니 눈을 떴고, 내 눈에 들어온 건 하얗고 투명한 벽이었다. 눈을 아무리 굴려도 그 끝이 보이지 않았다. 손을 뻗으면 닿을 것 같이 가깝기에 만져볼까 고민하고 있는데 벽이 갑자기 쪼그라들면서 벌어지기 시작했다. 그리고 틈에서 작은 공기 방울 하나가 만들어지더니, 내 볼에 다가와 터졌다. 내가 느끼던 그 감촉의 주인공이었다.

"뭐야?"

나는 내가 물속에서 또렷이 말할 수 있다는 것에 놀랐고, 내 앞에 있던 벽도 내 목소리에 놀랐는지 위로 솟아오르기 시작했다. 나는 그제야 벽의 정체를 알 수 있었다. 그건 벽이 아니라 커다란, 엄청 커다란 고래였다. 하얗고 투명한 고래는 내 머리 위에서 원을 그리며 몇 바퀴 돌더니 다시 내 앞에 멈춰섰다. 가만히 있는 고래 앞에서 이리저리 눈알만 굴리고 있던 나는 이내 두 눈을 질끈 감아버렸다. 고래가 입을 벌려 내 주변의 물을 빨아들이기 시작했기 때문이었다. 나는 그 물과 함께 고래의 입 속으로 끌려가고 있었다. 밀크티 속에서 빨대를 마주한 타피오카 펄의 심정을 나름 이해하게 되었다.

 고래의 목구멍을 지나고 있는 와중에 머릿속을 스쳐 가는 한 단어가 있었다. 인과응보. 나는 두려움을 이겨내겠다는 명목으로 바다에 사는 수많은 생물들을 집어삼켰다. 그러나 내 위 속에서 녹아들어간 그들이 만들어낸 건 바다를 마주할 용기가 아니라 도리어 제 스스로 바다에 뛰어든 육지동물을 맛볼 커다란 고래일 확률이 높았다. 적어도 지금 상황을 보면 말이다. 그렇다면 나는 응당 받아야 할 대가를 받게 된 것이니 내 의도와는 다르게 죽게 되어도 억울하지 못하게 된 것일까. 해산물 과다 복용으로 고래에게 삼켜진 나, 특별할 것 없는 시선을 가진 사람에게 찍혀 별다를 것 없게 된 내 사진. 인과응보 엔딩.

 "저기, 괜찮으세요?"

 끊임없는 생각을 뚫고 들어온 그 목소리에 나는 감고 있던 두 눈을 번쩍 떴다. 눈앞에 잘생긴 얼굴이 보였다. 그가 내민 손을 잡고 몸을 일으켜 주위를 둘러보니 그 남자만 있는 것이 아니었다. 네 명의 사람들이 나를 쳐다보다가 다시 고개를 돌려 바깥을 쳐다보았다. 부드럽게 출렁이는 물결, 그 속에 같은 리듬으로 일렁이는 빛줄기들이 포근하게 느껴지는 풍경이었다. 모든 걸 잊게 만드는 광경이었…… 왜 밖이 보이는 걸까.

"혹시 여기가 천국인가요? 잘생긴 얼굴……. 아니, 아름다운 바다가 보이는 걸 보면 그런 것 같은데요……."
"음, 고래 뱃속이 좀 더 확실하지 않을까요?"

"그러면 여기가 고래 뱃속이 맞다는 거예요? 근데 왜 밖이 보이는 거예요?"
"고래가 하얗고 투명하니까요?"

믿기지 않는 이 상황과 이해되지 않는 대화가 끝나고도 남자의 손을 잡고 있던 나는 감사 인사와 함께 황급히 손을 놓아주고 다른 사람들처럼 한편에 자리를 잡았다. 일정한 박자에 맞춰 미세하게 바닥이 움직이는 걸로 봐서는 꼬리와 가까운 쪽이지 싶었다. 그 잔잔한 움직임이 나를 다독였고, 내 눈은 끝없이 펼쳐진 바다를 향했다. 이 고래는 나를 왜 삼켰으며, 투명한 자신의 뱃속에 나를 가두고 무엇을 하게 하려는 걸까. 이대로 이곳에 오랜 시간 있으면, 나는 죽지 않은 채 사라진 존재가 될 수 있는 것일까.

3

 나를 뱃속에 품은 이 거대한 존재는 천천히 멈추지 않고 바다를 누볐다. 물론 고래의 눈을 공유하게 된 나와 다른 사람들도 그 공간을 함께 누렸다. 고래가 빛이 닿지 않는 해저에서 어둠을 가로지르며 시간을 보낼 때, 우리는 그 속에서 어둠을 벗 삼아 살아가는 자그마한 빛들과 삶을 이어 나가기 위해 인내를 배운 생명들을 보았다. 각종 푸른색이 가득해 한번쯤 뛰어들어 같이 물들고 싶은 청량한 바다를 지날 때, 우리는 물이 주는 풍요로움을 몸소 느끼며 살아가는 수많은 움직임들과 제 생긴 대로 무한한 바다를 향유하는 당찬 주인공들을 보았다. 노을을 삼켜 그 빛마저 자신의 것으로 만들어버린 붉은 바다를 지날 때면, 고요하고 안녕한 내일을 위해 제집을 찾아 들어가는 집주인들과 밤의 적막을 알림 삼아 한 치 앞도 보이지 않는 세상을 향해 눈을 뜨는 용맹한 이들을 보았다. 때때로 고래가 수면으로 올라가 그 누구보다 크게 내쉬는 숨소리를 들을 때면, 우리는 두 눈으로 한껏 담아버린 지금까지 겪어보지 못한 세상을 소화하기 위해 그 호흡을 같이했다.

 이 엄청난 시간들을 보내며 알게 된 몇 가지 정보들이 있었다. 알아내려고 사람들에게 물어본 건 아니고, 자연이 주는 경이로운 웅장함 앞에 저절로 내뱉는 고해들이 있었기 때문이었다. 고래의 오른쪽 지느러미쯤에 앉아있는 아저씨 한 분은 알코올 중독자이며 술값으로 재산의 상당 부분을 탕진해 버렸다고 한다. 주체할 수 없는 욕구에 자신도 가족들도 힘들어하자 스스로 삶을 끝내려는 마음을 먹었고, 욕조 속 가득한 물에 파묻혀 있다가 나처럼 고래를 만났다고 말했다. 아저씨는 푸른 바다를 보며 이 이야기를 꺼냈다. 언젠가 아내와 아이들이 TV 여행 프로그램에서 스노클링 하는 연예인들을 보다가 우리도 저거 한번 해보자고 손가락 걸고 했던 약속이 바다 물결에 실려 머릿속에 떠올랐다고 했다. 아저씨는 과거의 발걸음을 후회했다. 자신이 선택해야 했던 건 암담한 마지막이 아니라 본인의 곁에 있어 준 이들과의 미래였어야 했다고 말이다.

"역겹네, 진짜."

목소리의 주인공은 왼쪽 지느러미 쪽에 앉아있던 교복 입은 여학생이었다. 아저씨는 그 목소리에 학생 쪽으로 고개를 돌렸고 여학생은 아저씨와 눈이 마주치자 사납게 노려보기 시작했다.

"당신 같은 사람들이 제일 뻔뻔해. 지 좋을 대로 술 처먹고 다니다가 돈 떨어지면 그제야 가족이니 뭐니 하면서 달라붙는 거머리 같은 인간들. 아저씨 돈도 제대로 못 벌었죠? 알코올 중독이어서 일도 못 했을 거잖아. 그러면서 이제 와서 가족들을 선택해? 정신머리가 제대로 박혔으면 가족들 놔주고 혼자 살든 말든 하는 게 맞는 거 아니냐고!"

 아저씨는 쉴 새 없이 몰아치는 학생의 말에 더 이상 얼굴을 마주하지 못하고 고개를 떨궜다. 여학생의 뒤쪽에 앉아있던 잘생긴 남자는 학생에게 조금 진정하고 대화하는 게 좋겠다며 말을 건네 아저씨에게 향하는 학생의 시선을 끊었다. 하지만 학생은 진정하기는커녕 오히려 남자에게 자신이 왜 화가 나는지 아냐며 팔을 덮고 있던 교복 소매를 걷어 올렸다. 소녀의 얄팍한 팔은 멍과 생채기 투성이었다. 학생은 말을 잇지 못하는 남자를 뒤로하고 그 팔을 아저씨 쪽으로 내밀었다. 자신의 팔을 좀 보라고 소리치는 목소리에 아저씨는 눈을 들었고, 눈에 걱정과 안쓰러움이 비치자 학생은 당신의 가족들도 내 팔과 똑같은 상태일 거라며 비웃었다.

 소녀의 어머니는 알코올 중독자였다. 소녀의 아버지는 그런 어머니가 더 깊은 나락으로 가지 않게 말려도 보고, 병원으로 데려가 중독 치료를 받게 하기도 했다. 하지만 아내는 나아지는 기색이 없었고 집안의 경제도 점점 어려워지자, 그는 결국 돈은 꼬박꼬박 보내주겠다는 약속과 함께 바다로 떠났다. 그때부터 소녀의 몸에는 멍이 생기기 시작했다. 어머니의 비위에 거슬리는 일이 생기면 그 손에 잡히는 물건이 소녀에게 날아왔고, 장소는 안방이든 주방이든 가리는 곳이 없었다. 큰 소리가 나면 옆집 아주머니가 찾아와 소녀를 데리고 가는 일도 잦았다. 하지만 소녀는 자신의 존재가 이웃집에 민폐가 될 거라는 생각에 밤중에 몰래 다시 본인의 집으로 돌아갔다. 그날 밤 역시 그랬다. 술을 사 오지 않겠다는 소녀의 말 한마디에 가해지는 고통은 참기 어려웠다. 소녀는 본인을 잡아끄는 거친 손길을 뿌리치고 집 밖으로 나와 달리기 시작했다. 하늘에서는 장대비가 내리기 시작했고, 비에 막혀 걸음을 멈춘 곳은 8차선 왕복 도로 한복판이었다. 소녀는 거기서 고래를 만났다.

 고래가 붉은 바다를 지날 땐, 아저씨 뒤에 앉아 있던 한 젊은 남성이 코를 훌쩍이기 시작했다. 그는 자신을 아이 아빠라고 말했다. 오랜만에 생긴 휴가로 가족들이 다 같이 큰 강가로 놀러 갔는데, 잠시 한눈을 판 사이 아이가 급류에 휩쓸려 떠내려가고 있었다고 했다. 아이를 구하려 자신도 강으로 뛰어들었고 아이의 손을 잡았으나 이내 놓쳐버린 채 자신도 의식을 잃었는데, 눈을 떠보니 고래의 뱃속이었다고 말했다. 젊은 아빠는 자신 때문에 아이가 죽었다 자책하며 계속 울고 있었고 그 뒤에 앉아있던 한 젊은 여성이 그의 어깨를 토닥이고 있었다. 고래 뱃속을 가득 채운 그의 울음소리가 잦아들 무렵, 고래가 멈춰 섰다.

 우리가 이곳에서 만난 뒤로 한 번도 멈춘 적이 없었기에 사람들은 서둘러 무슨 일이 일어나는 지 밖을 살펴보았다. 밖은 우리가 한참 구경하던 바다라고 칭하기엔 뭔가 달랐다. 물이 좀 더 맑았고 자주 보이던 물고기들이 보이지 않았다. 알코올 중독자 아저씨는 밖을 한참 보더니 저 아래에 자주 먹던 민물고기가 지나갔다고 말해주었다. 고래는 어느샌가 바다를 떠나 강으로 온 것이었다. 사람들의 이야기를 들으며 이 고래가 바다에만 있어야 한다는 상식은 깨져버린 지 오래였다. 그런데 왜 멈춰있지 하고 생각하는 순간 나는 내 앞에 멈춰있던 커다란 고래의 입을 떠올렸다. 그리고 그와 동시에 고래의 목구멍이 벌어지는 것을 목격했다. 다른 사람이 고래에게 또 먹힌 것이다.

 고래의 목구멍에서 뱃속으로 들어온 사람은 체구가 작았다. 그 사람이 정신을 차리고 일어나자마자 젊은 아빠의 눈이 튀어나올 듯이 커지면서 그에게로 달려갔다.

"서진아!"

고래 뱃속에 새로 들어온 신입은 달려오는 아빠를 보고 울음을 터뜨렸다. 신입은 젊은 아빠의 어린 아들이었다. 이제 막 초등학교에 다닐 법한 아이를 보면서, 나는 혹여나 저 친구가 나와 같은 트라우마가 생기지 않을까 걱정스러웠다. 아빠는 빈틈없이 아이를 껴안고 같이 울기 시작했다. 그러고는 눈으로 아이를 꼼꼼히 살피면서 안도의 한숨을 쉬었다. 아이도 아빠의 품 안에서 점차 안정을 찾아가고 있었다. 잦아들어 가는 울음소리를 다시 불러일으킨 건 두 부자가 아니었다.

"다행이에요, 아이를 만나서 다행이에요……."

젊은 여성이 가슴을 치며 참아온 눈물이 볼 위로 흐르기 시작했다. 그녀는 고래가 매번 수면 위로 올라올 때마다 고래만큼이나 큰 숨을 내쉬며 가슴을 두드렸다. 여학생이 울분을 토하며 말할 때는 옆집 아주머니처럼 안쓰럽고 다정한 눈빛으로 그녀를 쳐다봤고, 앞에 앉은 젊은 아빠의 사연을 들을 때는 마치 본인이 당한 일처럼 가슴 아파하며 그를 위로했다. 그리고 때때로 가슴을 치며 호흡을 가다듬었다. 나는 내 근처에 앉아 있던 그녀에게 괜찮으신지 자주 물어봤고 그때마다 그녀는 고개를 끄덕이며 미소를 지어 보였다. 하지만 괜찮지 않은 사람의 괜찮음은 결코 진실일 수 없다.

그녀의 결혼생활은 무난했다고 한다. 남편과의 사이는 좋은 편이었고, 시부모님은 적절히 신경 써주시는 분들이었다. 뱃속에 아기가 생기자 그녀는 직장을 그만두었고 남편의 외벌이로도 풍족하진 않지만 심히 어렵지도 않은 경제적 여건이었기에 그마저도 무난한 가정이라고 생각했다. 하지만 호사다마란 말이 괜히 있는 게 아니었다. 특별할 것 없는 일상에 불쑥불쑥 우울함이 찾아오기 시작했다. 처음에는 남편에게 털어놓을 것도 없이 가볍게 지나가는 감정이라고 생각했다. 하지만 점점 배가 불러오고, 아이가 태어나고, 끊임없이 울어대며 자라나는 아이와 함께 우울함도 커져갔다고 한다. 손쓸 새도 없이 정신을 차지해 버려 이제는 본인도 아이도 가정도 지켜내기가 버거웠다. 남편은 그런 아내를 위해 연차를 내고 깊은 산골에 위치한 펜션으로 휴가를 왔지만, 그날 밤도 아이는 울어댔고 달래는 것은 그녀의 몫이었다. 아이가 다시 잠이 들자, 그녀는 무언가에 홀린 듯 펜션 밖으로 나와 근처의 산을 오르기 시작했다. 그리고 그녀가 정신을 차렸을 때, 그녀의 눈앞에 펼쳐진 건 밑이 보이지 않는 절벽과 희뿌연 안개 속 그녀를 바라보고 있는 고래였다.

젊은 여성은 자신의 인생을 넋두리하듯 풀어놓고는 서준이를 바라보며 아이가 보고 싶다고 말했다. 아이를 제대로 돌보지 못한 어리석은 엄마인 줄 알지만 그런데도 보고 싶다고 말이다. 나는 아이를 볼 수 있을 거라고 위로하고 싶었지만, 이 고래가 어디로 향하는지, 밖으로 나갈 순 있는 건지 알 수가 없었다. 그때 잘생긴 남자가 그녀에게 말을 건넸다.

"아이를 만나실 거예요. 이 고래는 꼭 어머니를 아이에게 데려다 줄 겁니다."

그 말이 끝나자, 고래가 무슨 결심이라도 했다는 듯 몸을 움직이기 시작했다. 우리 모두가 앉아있던 바닥이 꿀렁꿀렁 꿈틀대기 시작한 것이었다. 마치 고양이가 헤어볼을 토해내기 위한 움직임 같았다. 그리고는 서준이와 그 젊은 아빠가 빠르게 목구멍 쪽으로 미끄러져 가기 시작했다. 아빠는 영문을 몰라 바닥을 긁어가며 버텨보려 했지만 통하지 않았다. 그리고 마침내 두 사람은 목구멍 안으로 다시 들어가 버렸다. 남은 사람들은 그 모습을 보고 경악했다. 그 잘생긴 남자만 빼고 말이다. 남자는 그들이 사라지고 말을 이어갔다.

"……저렇게 말이에요. 저 두 사람은 자신들이 물에 빠졌던 강가로 함께 갔을 거예요. 거기에서 다시 삶을 이어 나가겠죠."

나는 그걸 어떻게 아냐고 물었고, 남자는 이 고래가 초면이 아니라고 답해줬다.

"저는 중학생 때 처음 이 고래를 만났어요. 그때는 바다에 놀러 갔다가 해류에 휩쓸려서 바닷속으로 빨려 들어갔죠. 숨은 막혀오고 몸은 가라앉고. 그때 고래가 나타나서 저를 삼켜버렸어요. 그리고 저희 모두가 겪었던 것처럼 세상의 모든 풍경들을 보여줬죠. 그리고 저를 다시 뱉어냈어요. 그 당시에 고래 뱃속에 불법체류 외국인 근로자 아저씨 한 분이 계셨는데, 그분은 혹여나 본인이 고래 밖으로 나가서 살게 되더라도 다시 죽을 거라고 단언했어요. 나중에 우연히 알게 된 건데, 그분도 고래가 뱉어냈는지 다시 원래의 자리로 돌아가 건설 현장에서 일을 하다가 근처를 지나던 시민분의 생명을 구했다고 하더라고요. 그래서 포상으로 불법 체류자 신세를 벗어나셨고요. 그때 어렴풋이 알게 됐어요. 이 고래가 뱉어내는 사람들의 삶은 아직 끝난 게 아니구나 하고요."

"근데 왜 다시 고래를 만나신 거예요?"

나의 또 다른 질문에 남자는 씁쓸한 미소를 지으며 대답했다.

"세상을 살다보니까 고래는 자연히 잊혀지더라구요. 그래서 나는 삶을 살아갈 가치가 있는 사람이라는 걸 점점 망각하며 살아왔어요. 그러다보니까 내가 참 쓸모없는 사람이 되더라고요. 어느 누구도 날 원하지 않고, 다가가는 날 받아주지 않고. 그 와중에 내세울 만한 능력도 없는 나와 달리 다른 사람들은 저 멀리 앞서 나가 있는 그 현실이 아프게 다가왔어요. 게다가 여자친구가 저보고 헤어지자고 하는 거 있죠. 그날부터 밖에 나가지도 않고 먹지도 않고 움직이지도 않고 누워만 있었어요. 그러다가 어느 날 밤에 문득 침대 근처에 놓여 있던 2L짜리 생수병이 눈에 들어오더라고요. 그리고 거기서."

"고래를 만나신 거네요."

"네, 맞아요. 그리고 이렇게 다시 뱃속에 들어와 앉아있네요."

남자의 말을 듣고 보니 몸이 꽤 마른 듯했다. 그리고 고래의 뱃속은 다시 고요해졌다. 다들 앞서 나간 두 부자의 모습 그리고 남자의 이야기를 듣고는 생각이 많아진 모양이었다. 젊은 여성은 아이를 만날 수 있다는 희망에 조금이나마 밝아진 얼굴이었지만, 여학생은 다시 돌아가게 될 수도 있다는 절망에 빠져버렸다. 아저씨는 아무 표정도, 말도 없이 바깥만 쳐다보다가 고래의 속도가 점점 빨라지고 있다는 것을 우리에게 알렸다. 아저씨의 말대로 고래는 엄청난 속도로 위를 향해 돌진하고 있었다. 나는 왠지 모를 불안함에 눈을 질끈 감았다. 그리고 다시 눈을 떴을 때 눈앞에 펼쳐진 것은 광활한 바다가 아니라 별이 가득한 밤하늘이었다. 마치 비행기처럼 고래는 흘러오는 구름을 가로지르며 날고 있었다. 그리고 어디선가 터뜨리는 불꽃들이 고래 주변으로 퍼지기 시작했다. 두어 바퀴 불꽃놀이를 보며 빙빙 돌던 고래는 다시 꼬리를 휘저어 이동하기 시작했다.

고래가 떨어지는 빗방울 사이로 헤엄치며 다닐 때, 우리는 비를 맞아 피어나는 새 생명들과 목을 축이며 삶을 이어가는 존재들을 보았다. 고래가 안개 속을 헤집으며 다닐 때, 우리는 안개에도 굴하지 않고 자신의 길을 찾아가는 이들과 그 속에서 잠시나마 맘을 놓고 휴식을 취하는 모습들을 보았다. 고래가 한 방울의 술이 되어 이 잔 저 잔 옮겨 다닐 때, 우리는 그

속에 담긴 인류의 슬픔과 기쁨, 고통과 인내를 함께 맛보았다. 고래가 누군가의 얼굴에 흐르는 눈물이 되어 지나갈 때, 우리는 그를 향한 사랑과 위로, 고독과 좌절을 함께 겪어냈다. 그 수많은 장면들 속에서 나는 어쩌면 나의 삶 속에도 고래가 함께하고 있지 않을까 하는 생각이 들었다. 기뻐도 슬퍼도 우리의 삶은 이어 나갈 가치가 있다는 것을 알려주고 있지 않을까 하고 말이다.

고래가 바다로 돌아왔다. 그러고는 다시 바닥이 꿀렁이며 움직이기 시작했고, 젊은 여성은 입에 미소를 머금은 채 목구멍으로 미끄러져 들어갔다. 나는 그녀가 시야에서 사라지기 전에 손을 흔들어 주었다. 그리고 오래 지나지 않아 이번에는 여학생이 목구멍으로 끌려 들어가기 시작했다. 그때 여학생의 손을 붙잡은 아저씨가 다급하게 소리 질렀다.

"학생 번호! 전화번호 뭐야! 돌아가면 무서울 거잖아, 힘들 거잖아. 살아야지, 살아야지."

여학생은 당황해서 아저씨의 손을 밀어내려다가 아저씨의 외침을 듣고는 전화번호 8자리를 크게 외치며 목구멍으로 들어가 버렸다. 여학생이 워낙 목구멍과 가까이 앉아있었던지라 우리는 그 번호를 제대로 듣지 못했다. 하지만 아저씨는 학생이 사라지자마자 눈을 지그시 감고 입으로 그 번호를 몇 번이나 되뇌었다. 무슨 일이 있어도 잊어버리지 않고 싶은 것 같았다. 그리고 고래는 이제 그 아저씨를 내뱉을 준비를 하고 있었다.

"나도 나가는가 봐요. 사는가 봐. 나 가면 술은 한 입도 안 댈라고. 아까 고래가 실컷 보여줬으니까. 이제 안 볼라고. 잘 가요."

아저씨가 시야에서 사라지고 고래는 다시 유유히 너른 바다를 헤엄치며 다녔다. 시간이 꽤 흘렀는데도 고래는 더 이상 뱉어낼 기미를 보이지 않았다. 아무래도 삶 속에서 지금을 지워버리려 했던 내가 괘씸하다고 생각하는 게 아닐까. 고래를 이미 만났음에도 다시 고래를 만나게 된 저 남자에게 기회를 주고 싶지 않은 것일까.

"사람들이 왔다가 다 가네요. 버스 타러 왔다가 목적지에서 내리는 것처럼."
"그러게요. 고래 버스라……. 그쪽은 어쩌다가 고래를 만나게 됐어요?"

남자의 물음이었다. 나는 평범한 나의 삶을 솔직하게 다 털어놓았다. 그리고 다시 돌아가도 뭐가 다를까 생각한다고 덧붙였다.

"고래를 만났잖아요. 당신의 삶이 충분하게 살아갈 가치가 있다는 걸 증명해 줄 고래. 그 가치를 사진 속에 담게 되면, 마냥 평범하진 않을 것 같은데요."

그가 그 말을 마치자, 고래는 그를 목구멍으로 끌어당겼다. 나는 그에게 외쳤다.

"당신도요! 잘 살고, 나가면…… 좀 많이 드세요!"

남자는 웃으면서 한 번은 꼭 만나자고 답했다.

"그리고 마지막으로 내가 이렇게 고래 밖으로 나온 거야. 그러니 내가 살아 돌아와 처음 본 너를 어떻게 사랑하지 않을 수 있겠어."

4

 미정이는 입원 이틀 후에 퇴원했다. 병원을 나올 때 로비에 틀어져 있던 TV 화면에서는 여름 휴가철 사고에 대한 내용을 다루고 있었으며, 기자는 이틀 전 물에 빠졌다가 살아난 한 부자를 인터뷰하고 있었다. 미정이가 무사히 집으로 돌아갔다는 연락을 받고 나는 다시 일상으로 복귀했다. 여느 때처럼 일을 마치고 퇴근길에 올라있던 나에게 문자가 왔다. 보여줄 게 있다며 내일 만나자는 연락이었다.

 다음 날 미정이가 날 부른 곳은 실내 수영장이 있는 한 체육관 앞이었다. 머리끝이 촉촉하게 젖은 미정이가 나를 기다리고 있었다. 미정이는 배가 고프다며 근처 수제 햄버거집으로 날 끌고 갔다. 눈앞에 놓인 커다란 햄버거를 어떻게 잘라야 적당하게 입에 넣고 먹을 수 있을까 고민하던 내게 미정이는 자신의 말 좀 들어보라며 며칠 지난 기사 하나를 읽어주었다.

 "지난 9일, 서울 00구 한 아파트에서 수면제를 과다 복용한 뒤 욕조에서 극단적인 선택을 한 50대 남성이 응급실로 실려 왔습니다. 가족들이 욕실에서 그를 발견하고 신고한 것인데요. 다행히 목숨에는 큰 지장이 없었다고 합니다. 의식을 되찾은 이 남성은 깨어나자마자 가족들에게 한 전화번호를 알려주고는 지금 당장 그 번호의 주인을 찾아가라고 말했습니다. 이에 가족들은 경찰에 번호를 넘겨주며 신고했고, 경찰은 번호 추적 끝에 경기도 00시에 살고 있는 16세 여학생을 찾아냈습니다. 이 학생은 당시 가정폭력으로 전치 2주의 부상을 입은 상태였으며, 가해자인 어머니는 폭행 현행범으로 체포되었습니다. 피해 학생은 입원 후 치료 중에 있습니다. 이거 무슨 기산 줄 알겠어?"

"혹시 네가 말해준 고래버스……?"
"맞아! 너무 놀랍지 않아? 고래는 분명 아저씨의 의지를 알아본 거야."
"그 얘기가 진짜였어?"
"얘 좀 봐라. 내가 말했잖아, 진짜라고. 신기한 거 하나 더 알려줄까?"

미정이는 휴대전화 액정을 두드리며 무언가를 찾더니 내 눈앞으로 들이밀었다. 누군가의 전화번호였다.

"이게 그 학생 번호야?"
"아니, 그 번호는 아저씨만 알고 있었지. 이건 그 남자 번호."

"남자?"

"그 잘생긴 남자. 여기 수영장에서 만났어."

 퇴원 후에 미정이는 삶의 가치를 표현할 방법에 대해서 고민했다. 그리고 결정했다. 평범한 서미정을 삼키고 사라질뻔한 지금을 구해서 별다른 것 없어도 특별한 그녀를 뱉어낸 그 고래를 카메라에 담아보기로 한 것이다. 고래를 찍으려면 바다에 들어갈 수 있어야 했기에 미정이는 수영장을 등록하고 레슨을 받고 있었다. 그리고 오늘, 그곳에 미정이가 고래 뱃속에서 만난 그 잘생긴 남자가 등장한 것이었다.

 자신이 전할 내용을 끝낸 미정이는 앞에 놓인 햄버거를 부리나케 먹어치우기 시작했고, 나는 그런 미정이를 보며 하나의 단편 소설 같은 하얗고 투명한 고래버스를 믿기로 했다.

아담 이브 증후군

신이비

제14회 웅진문학상, 제23회 MBC창작동화대상, 제5회 추보문학상, 제3회 보리개똥이네놀이터 당선 등 소설가와 동화작가로 활동하고 있으며 이비양코 책방을 운영하고 있다. 경계선을 벗어난 사람들 이야기를 수집하고 글로 쓴다. 어딘가에 있으나 쉽게 알아볼 수 없는 사람과 이야기를 좋아한다.
지금은 무참히 쓰러진 제주 삼나무 이야기를 쓰고 있다.

계속된 장대비로 세상은 홍수에 잠긴다. 보트를 타고 표류한 후 높이 우뚝 솟은 나무를 발견한다. 나무 위는 기둥과 가지가 촘촘히 연결되어 층층이 쌓인 건물과도 같은 곳, 노아의 방주 같은 곳이다.

물이 점점 차올랐다. 발밑은 시퍼런 물이었고 눈앞은 희뿌연 안개였으며 머리 위는 짙은 회색 하늘이었다. 장대비가 벌써 34일째나 연이어 퍼부었다. 전날 밤 간신히 옥상 난간에 매달려 하룻밤을 꼬박 새웠다. 그러다가 손에서 마지막 남은 힘이 빠져나가려는 순간 뜻밖에도 보트를 만났다. 거짓말처럼 비가 그치더니 마치 새로운 세상이 열리듯 노란 보트가 햇살과 함께 내게 다가왔다. 구원이었다. 하지만 보트에 짐을 싣고 내가 올라타자마자 비는 언제 그쳤었냐는 듯 다시 퍼부었다. 가까스로 텐트를 설치하자 보트 안으로는 빗물이 들어오지 않았다. 마치 예견되었던 일처럼 딱 맞아떨어졌다.

그 이후 세 사람을 만났다. 55일째 되던 날은 24층 건물 옥상에서 70대 할아버지를 만났다. 할아버지는 물이 무섭다며 보트에 올라타지 않았다. 의심쩍은 눈빛으로 보트를 여기저기 살피더니 믿을 수 없다고 했다. 이 물난리에도 보트의 안전성부터 생각하다니! 곧 옥상에도 물이 차오를 텐데 어찌할 거냐고 묻자 다른 방법을 찾아보겠다고 했다. 또한, 자기 아들이 자기를 데리러 올지도 모른다고 했다.

89일째 되던 날은 해발 518m 높이 산에서 50대 아주머니를 만났다. 아주머니는 보트에 올라탔다. 우리는 50층 고층 아파트를 지나가다가 열린 창문을 발견하고는 내렸다. 꿈의 아파트로 소문난 아파트였다. 그곳에서 마른 옷가지를 최대한 많이 주워 담았다. 식량은 많지 않았다. 그런데 아주머니가 아파트에 남겠다고 했다. 자기가 언제 이런 아파트에서 살아보겠냐며 그곳에서 자기만의 왕국을 만들고 여왕이 되겠다고 했다. 식량은 어떻게 구할 거냐고 묻자 다른 집을 샅샅이 뒤지면 뭐든 나오지 않겠냐고 했다. 곧 물이 차오를 거라고 하자 여왕으로서 품위 있게 죽겠노라고 했다. 종말이 온 거라면 이 보트도 언젠가는 물에 가라앉지 않겠냐고도 했다.

144일째 마지막으로 만난 내 또래 젊은 남자는 나처럼 보트에 타고 있었다. 우리는 물물교환 했다. 나는 아파트에서 주워 담은 옷가지를 내어주고 필요한 식량을 구할 수 있었다. 마구잡이로 주워 담았던 옷가지가 긴요하게 쓰여 기분 좋았다. 생명 연장을 위해 뭔가 일을 했다는 게 신기하기도 했다. 21세기에 물물교환이 유일한 경제활동이 되다니 놀라웠다. 남자가 내 보트에 있는 화분 세 개를 보더니 불필요한 화분은 무엇 때문에 싣고 다니느냐고 물었다. 비가 그치면 땅에 심을 거라고 하자 고개를 끄덕이더니 혹시 모르니 꼭 살아있으라고 했다. 마지막, 최후의 아담과 이브가 될지도 모르니 살아서 만나

자고 했다. 그렇다면 남자도 나처럼 종말을 예감한 모양이었다. 아니면 내게 프러포즈한 것인지도 몰랐다. 그러면서도 남자는 더 많은 여자를 찾아보겠다며 떠났다. 더 많은 사람이 아니고, 더 많은 여자라니! 여자를 수집하겠다는 건가? 상황이 이렇다 보니 여자를 종으로 삼으려는 그 케케묵은 남성의 본능이 작동한 것인가? 이 상황에서 프러포즈를 상상한 내가 더 이상한 것인지도 몰랐다.

  그 이후 누구도 만나지 못했다. 233일째, 간혹 해가 날 때마다 보이던 산봉우리도 고층 아파트도 더는 보이지 않았다. 사흘 전 첫 번째 만났던 할아버지와 두 번째 만났던 아주머니를 찾아갔으나 어떤 흔적조차도 찾지 못했다. 세 번째 만났던 남자의 말처럼 아담과 이브가 될지도 모르겠다고 생각했다. 그러나 어디에도 에덴동산이 될 만한 땅은 보이지 않았다. 에덴동산이 있다고 하더라도 내가 이브가 될 자격이 있을까? 신이 암컷에게 내린 은혜를 내가 저버렸는데 어쩌지! 그렇다면 마지막으로 만난 남자가 이브의 자격을 가진 여자를 만나면 좋겠다고 생각했다. 그러고 보니 더 많은 여자를 찾겠다던 남자의 생각은 현실적이고 현명했다.

  이 비가 처음 시작됐을 땐 여느 때와 다르지 않았다. 많은 사람이 좀 이른 장마가 시작된 거라고 여겼을 뿐이다. 그러나 비는 한시도 쉬지 않고 한 달 가까이 내렸다. 그즈음 마지막으로 텔레비전 뉴스 방송을 시청했다. 북반구엔 홍수가 났는데 남반구에선 연일 눈이 내린다고 했다. 나무와 집들이 눈 속에 묻혔다. 그제야 사람들은 지구 곳곳에 돌이킬 수 없는 재앙이 시작됐다는 걸 알아차렸다. 그러다가 땅이 흔들리더니 순식간에 홍수가 났다. 집이 가라앉고 산이 무너지고 차가 붕붕 떠다녔다. 가끔 헤엄치는 포유동물을 만났으나 어느 순간부턴 그도 보이지 않았다.

결국, 보트를 만나기 하루 전날 내가 살던 원룸 11층이 물에 잠겼다. 이것저것 필요한 것들을 싸 들고 14층 옥상으로 올라가 텐트를 쳤다. 이상한 것은 옥상에 나 말고 아무도 없었다. 며칠 전 사이렌이 울리고 대피하라는 방송이 있었는데 그때 모두 대피소로 간 모양이었다. 건물이 자꾸만 무너졌으니까, 집에 있기가 무서웠을 거다. 그런데도 난 가지 않았다. 대피소가 하늘에 있지는 않을 테니, 홍수를 피할 대피소가 과연 있을까 싶어서였다. 그러다가 옥상까지 물이 차올랐다. 땅이 뒤집혔으니 아마도 바닷물과 빗물이 뒤섞인 듯했다. 마지막으로 난간에 매달렸다가 다행히 보트를 만나 이렇게 살 수 있었다.

240일째, 세상에 나 혼자 남은 듯 그 어떤 생명도 만나지 못했다. 물 위에 떠다니는 건 스티로폼과 플라스틱 빈 병뿐이었다. 아이러니하게도 쓰레기만 살아남았다. 모두 대피소로 대피한 것이라면 어떻게든 살아있을지도 모르겠지만, 산도 그 어떤 건물도 보이지 않으니, 그도 믿을 수 없었다. 또 커다란 배라도 보여야 할 텐데 보이지 않았다. 마지막으로 만난 그 남자만이라도 살아있기를 바랐으나 시간이 갈수록 그 희망마저도 사그라졌다. 그러다가 어느 순간부터 빗줄기가 가늘어지더니 안개가 자욱하게 깔렸다. 그렇게 퍼붓던 비가 한순간 그쳤다. 하루가 지나고 안개 속에서 어떤 빛이 새어 나왔다. 이내 안개가 옅어지더니 무지개가 나타났다. 이튿날 햇살마저 반짝거렸다. 그제야 옷가지를 말릴 수 있었다. 밝은 세상을 보니 태초의 세상 창조가 이런 느낌이었을 거라 생각됐다.

재앙이 끝난 것인가? 보트에 누워 하늘을 올려다봤다. 쾌청한 하늘은 아니었으나 언뜻언뜻 햇살이 보였다. 하루가 지나고 찬바람이 불어왔다. 날짜를 헤아리자 벌써 11월이었다. 곧바로 눈이 내렸다. 보트 위에서 맞이하는 11월의 첫눈이었다. 어느 순간 보트의 움직임이 둔화하더니 물이 얼어붙기 시작했다. 사흘 후 얼음 위를 걸을 수 있었다. 하얀 바다! 빙하시대가 시작된 건가? 어디든 얼어 죽지 않을 장소를 찾아야만 했다. 남은 희망은 마지막으로 만났던 남자를 만나는 것이었다. 그가 하얀 바다 어딘가에서 에덴동산을 찾아냈기를 간절히 바랐다.

화분 세 개를 텐트로 단단히 감싸놓고 어쩔 수 없이 하얀 바다 위를 걸었다. 꼬박 이틀을 걸었으나 여전히 얼음판 위에 서 있었다. 의지가 꺾인 건 아니었으나 환경이 삶을 포기하게 했다. 그대로 쓰러져 잠들었다. 한순간 울렁거렸다. 눈을 뜨자 얼음 조각 위에 있었다. 저쪽은 여전히 얼음판이었으나 반대쪽은 얼음이 녹고 다시 물이었다. 물이 출렁이는 곳으로 눈을 돌리자 저만치 앞에 뭔가 우뚝 솟아 있었다. 그곳에서 어떤 힘이 얼음 조각을 끌어당겼다. 다가가다 보니 우뚝 솟은 것은 커다란 나무였다. 더 가까이 다가가자 그 꼭대기가 보이지 않았다. 순간 미야자키 하야오의 '천공의 성 라퓨타'가 떠올랐다. 다만 이 나무는 하늘이 아닌 물 위에 떠 있었다. 얼음 조각이 뿌리에 닿자 사르르 녹기 시작했다. 재빠르게 뿌리 위로 뛰어올랐다. 뿌리는 그 굵기가 지름이 5m가 넘을 만큼 굵었다. 그와 같은 수많은 뿌리가 물속으로 뻗어 내려갔다. 저 아래 어딘가에 우리가 살던 땅바닥이 있는 모양이었다.

나뭇잎은 떡갈나무 잎을 닮았으나 처음 보는 나무였다. 두

리번거리며 길을 찾고 있을 때 저쪽에서 하이에나 무리가 다가왔다. 도망칠 곳이 없었다. 물속으로 뛰어들고 싶었지만, 물속에서도 시커먼 뭔가가 돌아다녔다. 무릎을 꿇고 제발 살려 달라고 했다. 도무지 나 말고는 살아남은 인간이 보이지 않으니 나 하나쯤은 살려둬야 하지 않겠냐고 읍소했다. 하이에나 무리는 무슨 헛소리를 하느냐는 듯 히죽거리며 점점 다가올 뿐이었다. 그때 저 위 나뭇가지 어딘가에서 밧줄이 내려왔다. 재빨리 밧줄을 잡자, 밧줄이 위로 올라갔다. 하이에나 무리가 나를 낚아채려고 뛰어올랐으나 내게 미치지 못했다.

곧이어 뿌리만큼이나 굵은 나뭇가지가 나타났다. 나뭇가지가 뻗어 나온 중앙을 바라보자 얼핏 보아 두바이 부르즈 할리파 건물보다 더 굵은 기둥 줄기가 버티고 있었다. 그곳에서 나뭇가지가 여러 갈래로 뻗어나갔다. 또 중앙엔 넓은 광장도 있었다. 나뭇가지와 나뭇가지 사이를 통나무로 연결한 광장이었다. 다행히 하이에나 무리는 쫓아 올라오지 않았다. 그렇게 1층을 지나 2층으로 올라서자 2층도 1층처럼 나뭇가지가 중앙 기둥 줄기에서 여러 갈래로 뻗어나갔다. 층층나무처럼 나뭇가지가 층을 이루며 뻗어나간 듯했다. 2층 중앙은 공원처럼 꾸며져 있었다. 꽃밭도 있고 의자도 있었다. 곧이어 3층으로 올라가자, 그곳은 동물원처럼 다양한 종류의 동물이 있었다. 특

이하게도 모두가 쌍을 이루어 뭔가를 했다. 밧줄은 계속 올라갔다. 4층에 도착하자 그곳은 식물원처럼 다양한 식물이 자라고 있었다. 그러고 보니 이곳은 겨울이 아니었다. 불과 며칠 전 빙하시대를 예감했으나 이곳은 쥐라기 시대 같았다. 5층으로 머리를 내민 순간 머리 위로 도르래가 보였다. 잠시 후 누군가가 손을 내밀었다. 놀랍게도 마지막으로 만난 남자였다. 나도 모르게 눈물이 먼저 주르륵 새어 나왔다. 그 손을 덥석 잡았다.

너무 반가운 나머지 그를 와락 끌어안았다. 그는 살아남아서 다행이라고 말하더니 느닷없이 내 손을 잡아끌고 무작정 달렸다. 얼마쯤 달려가니 커다란 나뭇가지 위에 작은 오두막이 보였다. 그리고 그 뒤로 햇살이 보였다. 두 계절 만에 보는 뽀송뽀송한 햇살이었다. 잃은 목숨을 되찾기라도 한 것처럼 반가웠다. 행복했다. 감사했다. 숨을 크게 들이마시려고 멈춘 순간 그가 다시 내 손을 고쳐 잡았다. 감격은 천천히 하고 일단 숨어야 한다며 오두막 안으로 끌고 들어갔다. 다짜고짜 이곳에선 어떤 동물이든 남녀 한 쌍 말고는 더 있을 수가 없다고 했다. 그것이 규칙이라고 했다. 그렇다면 나 말고 다른 여자가 있는 거냐고 묻자, 고개를 끄덕였다. 이브의 자격을 갖춘 여자가 있는 것 같아 다행이라고 말하려다가 멈췄다. 한 쌍 말고는 더 있을 수가 없다는 건 내가 떠나야 한다는 말이었던 거다.

"누가 정한 규칙이죠? 이곳에 어떤 절대자라도 있는 건가요?"
"절대자는 없어요. 규칙은 전체 회의에서 정하는 거죠."

이곳에 있는 동물은 모두 한곳에 모여 회의한다고 했다. 그 회의에서 모든 걸 결정한다고 했다.

"그렇다면 하이에나는 왜 무리가 있는 거죠?"
"그들은 청소부요. 불필요한 생명을 먹어 치우는."
"한 쌍 이외엔 불필요한 생명이라는 건가요?"

불필요하다기보다는 수많은 생물이 함께 살기엔 이곳이 협소해서 그렇다고 했다. 어떤 생물이든 공평해야 하기 때문이라고도 했다. 왜 나를 구해준 거냐고 묻자 다른 여자의 나이가 많아서라고 했다. 그럼 나를 선택할 거냐고 묻자 물론이라고 했다. 그럴 권한이 있느냐고 묻자 그럴 권리가 있다고 했다. 단순히 나이가 어리다는 이유로 나를 선택할 거냐고 묻자, 다른 여자는 번식 능력이 없을지도 모르니 어쩔 수 없다고 했다.

"번식 능력?"

나도 모르게 이렇게 되물어 놓고는 속이 뜨끔했다.

"그래요. 번식 능력! 그것이 생존의 기준이죠. 꼭 남녀 한 쌍이 남아있어야 하는 이유이기도 하고요."

남자는 또 이 말을 덧붙였다. 남자가 하나고 여자가 둘이니 남자인 자기가 여자를 선택할 수 있다고 했다. 어차피 나를 선택할 거라면 내가 이렇게 숨을 이유가 없는 것 아니냐고 묻자 이렇게 말했다.

"회의가 열리기 전까지는 숨어있어야 해요. 그 여자가 당신의 존재를 알면 그냥 두지 않을 테니까요."
"그 여자와 싸워야 하나요?"
"이곳에선 싸움이 허용되지 않아요. 그리고 싸운다고 해도 당신이 이길 수 없죠. 그 여자는 이곳에 친구가 많거든요. 특히 침팬지 한 쌍과 독수리 한 쌍이 그 여자를 좋아해요."
"그 말은 힘으로도 안 되고 숨을 곳도 없다는 뜻인가요?"

남자는 고개를 주억거리더니 그 여자는 이곳에서 유일한 의

사라고 했다. 그래서 다른 동물들이 좋아한다고 한다. 다음 회의는 나흘 후에 열린다고 했다. 그때까지 어떻게든 숨어있어야 한다고 강조했다. 나 말고도 젊은 여자가 왔었으나 쥐도 새도 모르게 사라졌다고 했다. 또한, 하이에나 말고도 누군가 분명히 나를 봤을 거라고 했다. 그러니 어쩌면 이미 그 여자가 나를 알고 있을 거라고도 했다. 내가 힘없이 의자에 털썩 주저앉자, 그가 창문을 열었다. 순간 마법 세계에나 있을 법한 붉은 핑크빛 노을이 창밖에 펼쳐져 있었다. 과연 이곳이 우리가 알던 지구가 맞느냐고 묻자 이렇게 대꾸했다.

"지난 몇 개월간 지구가 과거로 뒤돌아갔는지도 몰라요. 이곳이 정말 에덴동산일지도 모르는 일이죠."

그럴지도 모르겠다는 생각이 들었다. 그때 남자가 먹을 걸 구해오겠다며 자기 이외엔 절대 문을 열어주지 말라고 하고는 밖으로 나갔다. 대체 지구에 무슨 일이 일어난 것일까? 또 이 나무는 노아의 방주라도 된단 말인가? 노을이 어둠 속으로 사라지기 직전 남자는 생전 처음 보는 빨간 과일을 가지고 왔다. 모양은 사과와 비슷했다. 놀랍게도 선악과라고 했다. 거짓을 증명하는 과일이라고도 했다.

"선악과요? 지금 나 보고 선악과를 먹으란 말인가요?"

내가 선뜻 먹지 않고 놀란 표정을 짓자, 남자는 과일을 한입 깨물고는 먹으라고 했다.

"선악과를 먹으면 뭔가 심판을 받아야 할 것만 같아서 그래요. 선악과를 먹은 아담과 이브도 그랬으니까요."
"무슨 죄를 지었나요?"

순간 가슴이 뜨끔했다. 지난날 지은 죄가 생각났다기보다는 앞으로 어떤 죄를 지을 것만 같아서였다. 암컷에게 내린 은혜를 저버린 죄! 왠지 선악과를 먹으며 안 될 것 같았다. 남자가 다시 먹어야 산다고 했다. 이곳에서 먹을 건 이 과일밖에 없으니 그냥 먹으라고 했다. 사과라고 생각하고는 한입 깨물어 먹었다. 바로 나무 밑에서 따 먹듯 신선하면서도 그렇게 달지도 그렇게 시거나 상큼하지도 않은 밍밍한 맛이었다. 마치 이온음료를 과일로 먹는 느낌이었다.

그때 창밖에 어둠이 내리는가 싶더니 한순간 갑자기 환했다. 창밖을 내다보니 신기하게도 저 물속에서 불빛이 올라왔다. 마치 오로라 불빛 같았다. 직접 보지는 못했지만, 물속에

빛을 내는 어떤 신기한 고래가 사는 것 같다고 했다. 그 빛을 내려다보고 있자니 이곳이 진짜 에덴동산처럼 느껴졌다. 그때 남자가 한 시간쯤 후에 칠흑같이 까만 밤이 찾아올 거라고 했다. 밤엔 무슨 일이 있어도 밖으로 나가거나 문을 열면 안 된다고 했다. 자세한 건 모르지만 죽은 영혼이 잡아간다고 했다. 자기보다 먼저 이곳에 있었던 남자가 그렇게 말했다고 했다. 그 남자는 어디 있느냐고 묻자, 그 여자 의사가 자기를 선택했고 그 남자는 하이에나 차지가 됐다고 했다. 그것이 이곳의 생존방식이라고 했다.

남자의 말처럼 새까만 밤이 찾아왔다. 창밖에 별도 달도 보이지 않았다. 남자는 창문과 문을 걸어 잠갔다. 자기는 바닥에서 잘 테니 나보고 침대에서 자라고 했다. 삼십여 분이 지나자 갑자기 뭔가 뛰어다니는 소리가 났다. 남자가 주지하듯 말했다. 지금부터 죽은 영혼들의 시간이니 그 어떤 소리가 들리더라도 못 들은 척 잠들라고 했다. 뛰어다니는 소리는 한동안 계속되더니 어느 한순간 조용했다. 그제야 기절하듯 잠들었다. 빗소리와 바람 소리를 듣지 않고도 잠들다니, 행복이란 이런 것 같았다.

이튿날 아침 눈을 뜨자마자 남자가 또다시 단단히 일렀다.

밖이 궁금하더라도 절대 나가지 말라고 했다. 다시 선악과를 가져오겠다며 밖으로 나가려는 남자를 붙들고 물었다.

"혹시 우리가 가상 세계, 혹은 메타버스 공간에 들어온 건가요?"
"처음엔 다 그런 생각을 하죠. 하지만 중요한 건 어떻게든 살아남아야 한다는 거예요. 그러니까 이건 시간이 지나면 다시 생명이 주어지는 그런 게임이 아니에요. 어떤 동물도 되돌아온 예는 없었으니까요."
"그러면 왜 에덴동산과 선악과를 들먹이는 거죠?"
"그래야만 조금이라도 이 상황을 이해할 수 있으니까요."

남자가 밖으로 나간 후 창문을 연 순간 해가 떠오르고 있었다. 뭔가 이상했다. 분명히 저쪽으로 해가 졌는데 그곳에서 다시 해가 뜨다니 이해할 수 없었다. 삼십여 분쯤 지났을 때 남자가 선악과를 가져왔다. 해에 관해 묻자, 자기도 풀지 못한 수수께끼라며 어쩌면 나무가 회전하는지도 모른다고 했다. 선악과를 먹으려고 손에 들자, 아무래도 어떤 보상이 주어진 것만 같았다. 게임 속에서 임무를 수행하면 주어지는 보상이랄까! 선악과는 7층 농장에서 가져온다고 했다. 농장에서 사람이 먹을 수 있는 건 선악과뿐이라고 했다. 여자 의사가 떠나면 자유롭게 다닐 수 있으니, 이곳에 관해 궁금한 게 있더라도 그때까지만 참으라고 했다. 이틀 후에 회의가 열릴 거라고 했다.

과일을 먹다 보니 뭔가 부족한 느낌이었다. 더 먹을 수 있냐고 묻자, 과일은 하루에 두 번 따올 수 있는데 자기에게 주어진 것을 둘이 나눠 먹다 보니 부족한 거라고 했다. 역시 이틀만 기다리면 해결될 거라고 했다. 내가 미안하고 고맙다고 하자 이곳에서 그런 말들은 다 필요 없다고 했다. 어떻게든 살아남아야만 한다고 했다. 다른 생각은 하지 말라고 했다. 그러더니 별안간 여자 의사를 만날 시간이라며 어디론가 갔다.

하루에 두 번 일정한 분량만큼만 주어지는 양식, 또 일정한 시간에 열리는 회의, 풀지 못한 수수께끼, 여자 의사를 만날 시간, 이런 것들을 생각하자 내가 게임 아바타가 된 기분이었다. 그러니까 나는 지금 에너지가 부족한 상황이라서 그 어떤 것도 할 수 없는 것만 같았다. 태초에 아담과 이브도 이런 삶을 살았을까? 규칙을 어기자, 신이 원죄의 저주를 내린 걸까? 만약 규칙을 어기고 밖으로 나간다면 내게도 어떤 저주가 내리게 될까? 남자의 말만 믿고 이대로 숨죽인 채 기다려야만 하나? 남자가 음모를 꾸미는 거라면 나는 어찌해야 할까? 뭔가 할 수 있는 일이 아무것도 없었다. 이게 게임이라면 누군가의 도움이 필요했다.

남자가 돌아왔을 때 여자 의사를 만나 무슨 일을 했냐고 묻자, 잠시 망설이는 것 같더니 함께 잠자리했다고 했다. 내가 의아하게 쳐다보자 한순간 정색하더니 사랑하는 게 아니라 단순히 교미한 거라고 했다. 이곳에선 모든 동물이 이틀에 한 번씩 교미한다고 했다. 암컷이 새 생명을 가질 때까지 해야 한다고 했다. 그 규칙을 지켜야만 이 오두막과 선악과가 주어진다고 했다. 그러니까 교미는 사랑과는 상관없는 행위라고 했다. 만약 암컷이 아이를 가지지 못하면 어떻게 되는 거냐고 묻자, 수컷에게 선택권이 주어진다고 했다. 다른 암컷이 나타날 때까지 기다리거나 하이에나에게 넘기거나. 그럼, 수컷에게 문제가 있어 아이를 가지지 못하면 어떻게 되는 거냐고 묻자, 이곳에 있는 모든 수컷에게는 그런 문제가 없는 것 같다고 했다. 뭔가 거슬리는 대답이었다.

"남성 중심 세계관이 이곳의 세계관인가요?"
"물론 남자도 여자에게 선택받아야 해요. 그건 남자나 여자나 똑같아요."
"그런데 어떻게 수컷에게는 문제가 없다고 단정 지어 말하는 거죠?"

 남자는 당황스러운지 아주 곤란한 표정을 지었다. 그러더니 이곳에 온 수컷은 모두 선택받은 몸이라고 말했다. 내가 다시 무슨 뜻이냐고 묻자 이렇게 말했다.

"역사적으로 볼 때 남자는 항상 중심 역할을 했잖아요."
"남자의 폭력성이 합리적이라고 말하는 건가요?"
"폭력성이 아니라 희생과 보호에 관한 이야기죠. 남자가 희생함으로써 자기는 물론 가족을 보호하고, 마을을 보호하고 나라를 보호하던 일 말이오."
"그렇다면 남자들이 과연 지구를 보호했나요?"

남자는 내 질문이 마음에 들지 않는지 나를 잠시 째려보더니 이렇게 말했다.

"당신은 생각이 많군요. 다시 말하는데 이곳에선 살아남는 게 가장 중요한 일이에요. 다른 생각은 하지 않는 게 좋아요."

나는 남자의 질책에 가까운 눈빛에도 불구하고 또 이렇게 물었다.

"당신은 동물인가요? 사람인가요?"

나도 모르게 언성을 높여 까칠하게 물었다. 그러자 남자도 언성을 높여 공격적으로 대꾸했다.

"지구를 망친 건 사람이지 남자가 아니오. 여자의 허영도 한몫했단 말이오."

여자의 허영이 한몫했다는 말에 반박할 수 없었다. 그렇다고 해서 남자도 아니고 여자도 아닌 동물로 살 수는 없었다. 이미 우리는 동물적 본능을 제어할 사고의 능력을 갖추고 있지 않은가? 그런데도 이 남자는 사랑이 아닌 교미가 중요하다고 했다. 동물적 본능에 의지해 살겠다는 거냐고 묻자 이렇게 말했다.

"사람이 이곳마저 오염시킬 수는 없어요. 그래서 규칙을 지키는 것뿐이죠."

오염이라는 말을 듣자 더는 할 말이 없었다. 지구를 망친 건 사람이 맞으니까. 하지만 사람이 사랑을 포기한다면 사람에게 남는 게 뭐가 있을까? 그때 남자가 뜻밖에도 인간의 불필요한 사랑 행위가 지구를 오염시켰다고 단호하게 말했다. 단순히 교미만 했다면 지구는 오염되지 않았을 거라고 했다. 인간이

다른 이성의 사랑을 얻기 위해 너무 많이 먹고 너무 많이 치장하고 너무 많이 주고받고 너무 많이 찾아다녔기 때문에 지구가 오염됐다고 했다. 사랑을 얻기 위해 전쟁까지 감행하지 않았느냐고도 했다. 묘하게도 남자의 말들이 설득력 있었다. 사랑이 지구를 망쳤다는 말! 그냥 비약이 아닌 듯했다. 사실 사랑엔 엄청난 에너지가 소모되니까.

  남자와 많은 이야기를 나눴으나 그 어떤 것도 확신할 수는 없었다. 모든 것이 수수께끼였다. 이곳엔 핸드폰은 물론 그 어떤 전자기기도 통신기기도 없었다. 한마디로 어떤 정보도 없었다. 다행히 여자 의사는 내 존재를 모르는 듯 그 어떤 위협도 실행하지 않았다. 남자는 뭔가 이상하다고 했으나 깊게 고민하는 것 같지는 않았다. 뭔가를 고민할 의지가 없는지도 몰랐다. 무작정 시간을 기다리는 눈치였다. 다시 하룻밤, 또 하룻밤이 지나고 회의가 열리는 날이었다.

  회의 장소는 1층에 있는 광장이었다. 내가 남자를 따라가 회의 장소에 도착했을 때, 여자 의사가 나를 바라보며 빙그레 웃었다. 아! 아는 의사였다. 그것도 하필 내 주치의였다. 도살장에 끌려온 내 운명을 직감하며 눈을 감았다가 떴다. 이상하게도 나를 알아본 여자 의사가 전혀 놀라지 않았다. 그렇다면 내가 이곳에 왔다는 걸 알고도 내버려 둔 모양이었다. 왜 그랬을까? 사실 여자 의사는 내가 이브가 될 자격이 없다는 걸 알고 있었다. 내 몸속에 있던 아기집을 자기 손으로 들어냈으니 굳이 날 위협할 필요가 없었던 모양이다. 지난 나흘 동안이 내겐 마지막 꿈이었나 보다. 결국, 나는 하이에나의 먹잇감이 될 모양이었다.

 광장 정중앙에 침팬지 한 쌍이 등장하더니 회의를 이끌었다. 침팬지는 아마도 이곳을 대표하는 동물인 듯했다. 사람의 지혜보다는 동물의 힘이 더 크게 작용한 모양이었다. 곧이어 원숭이 셋이 앞으로 나섰다. 암컷이 하나고 수컷이 둘이었다. 얼마 후 암컷이 수컷 하나를 선택하자 다른 수컷 원숭이가 고개를 떨궜다. 침팬지가 그 원숭이에게 다가가 둘 중 하나를 선택하라고 했다. 하이에나가 있는 아래층으로 내려가든지 물속으로 뛰어들든지 스스로 결정하라고 했다. 원숭이는 어떤 반항도 하지 않았다. 순순히 하이에나가 있는 0층으로 내려갔다. 나는 무엇을 선택해야 할까? 이미 알고 있는 하이에나가 좋을까? 아무것도 알 수 없는 물속이 좋을까? 아는 공포가 나을까? 아예 모르는 공포가 나을까? 둘 중 하나를 선택해야 하는 지금, 바로 이 순간의 공포가 더 끔찍한지도 몰랐다. 잠시 후 원숭이의 비명이 들려왔다. 원숭이는 아는 공포를 선택했다.

 다음은 내 차례였다. 남자가 내 손을 잡아끌고 앞으로 나아갔다. 여자 의사도 따라 나왔다. 침팬지가 남자에게 둘 중 하나를 선택하라고 했다. 그 순간 여자 의사가 할 말이 있다며 발언권을 요구했다. 의사가 하는 말이라서 그런지, 아니면 원래가 발언할 수 있는 건지, 침팬지가 흔쾌히 발언하라고 했다. 두 계절을 넘게 물 위에 떠 있다가 간신히 여기까지 왔는데 이대로 죽게 됐다. 더는 희망이 없었다. 나도 원숭이처럼 아는 공포를 선택해야 할 듯했다. 모르는 공포가 더 끔찍할 것만 같았다. 마지막으로 하늘을 보고 싶었다. 고개를 든 순간 여자 의사와 눈이 마주쳤다. 나도 모르게 저절로 눈이 감겼다. 그때 여자 의사가 이렇게 말했다.

 "이 남자는 무정자 증후군입니다. 그러니까 아이를 만들 수 없는 몸입니다."

 눈을 번쩍 뜨고 남자를 쳐다봤다. 표정이 심하게 일그러졌다. 여자 의사는 또 이런 말을 덧붙였다. 남자에게 문제가 있는 한 여자를 바꾸는 건 아무런 의미가 없다고 했다. 인간은 결국 멸종하게 될 거라고 했다. 그러니까 당장 떠나야 할 건이 남자라고 했다. 또 여자 의사는 별안간 내게 다가와 내 손을 잡더니, 다른 남자가 나타날 때까지 우리 여자 둘은 이곳에 남아있어야 한다고 했다. 선택권은 새로 나타날 그 남자에게 있다고도 했다. 모두가 술렁거렸으나 가장 당황해하는 것은 남자였다. 침팬지 한 쌍은 잠시 이야기를 나누더니 여자 의사의 주장을 받아들였다. 곧바로 남자에게 하이에나든 물속이든 둘 중 하나를 선택하라고 했다. 하지만 남자는 쉽게 포기하지 않았다. 여자 의사가 거짓말을 한다고 주장했다. 그러나 누구도 남자의 말을 귀담아듣지 않았다. 이곳에선 여자 의사의 영향력이 센 모양이었다. 의사가 생명을 다루니 그럴 만도 했다. 이곳에서 가장 필요한 건 규칙이 아니라 의사인지도 모르는 일이었다. 그런데도 남자는 포기하지 않았다. 여자 의사에게 선악과를 먹게 하라고 건의했다. 선악과는 거짓말을 판별하는 능력이 있으니 여자 의사가 거짓말을 한다면 죽게 될 거라고 했다. 남자의 이 말은 다른 수컷들의 동조를 얻기에 충분했다. 다른 수컷들이 그렇게 하라며 남자의 편을 들었다.

잠시 고민하던 침팬지 한 쌍이 좋다고 하자 곧바로 독수리가 선악과를 가져왔다. 모두 여자 의사에게 주목했다. 여자 의사는 당당하게 과일을 깨물어 먹었다. 아무런 일도 일어나지 않았다. 결국, 남자는 자기 자신에게 실망한 눈치였다. 그렇다면 남자도 자신이 무정자 증후군이란 걸 몰랐던 모양이다. 하지만 남자는 포기하지 않고 도망치려고 했다. 그러자 어디선가 사자 한 쌍이 나타나 남자를 물속으로 밀어 넣었다. 잠시 후 물 표면이 빨갛게 물들었다. 물속에 뭐가 있는지는 알 수 없었다. 여전히 알지 못하는 공포의 세계였다. 난 그것이 신의 영역이라고 생각했다. 인간이 끝없이 침범했던 그 영역.

  회의가 끝나고 여자 의사는 나를 자기 오두막으로 데려갔다. 남자가 정말 무정자 증후군이었냐고 물었더니 귓속말로 아니라고 했다. 나는 여자 의사의 의중을 알 수 없어 잠시 고민해야 했다. 이 여자가 방금 어쩌면 인류역사상 마지막 남자일지도 모르는 남자를 죽인 것이었다. 만약 마지막 남자라면 인간의 종말이었다. 힐끗 여자의 표정을 살폈으나 전혀 떨지 않았다. 인간의 종말을 결정한 사람 같지 않았다. 그러면 선악과를 먹고도 어떻게 멀쩡하냐고 묻자 놀랍게도 선악과가 거짓말을 판별해 주는 건 아니라고 했다. 처음 이곳에 왔을 때 자기와 침팬지와 독수리가 그런 말을 만들어 냈다고 했다. 어떤 절대적인 법이 필요할 것 같아 그랬다고 했다. 그러니까 여자 의사는 침팬지, 독수리와 동맹을 맺고 이곳을 통치할 법을 만들었던 거다. 다시 남자를 죽게 한 것이 과연 옳은 일이냐고 묻자, 나를 빤히 바라보며 이렇게 말했다.

"그 남자는 폭력주의자였어요. 지구를 망친 부류의 사람들 말이에요. 당신도 어느 정도 눈치챘겠지만."

"그렇다고 이 상황에서 왜 남자가 아닌 저를 선택한 거죠? 내 몸에 아기집이 없다는 걸 말할 수도 있었잖아요?"

"그 남자와 의무적으로 해야 하는 교미가 난 정말 싫었어요. 게다가 당신이 나타난 다음 날 그 남자가 내 몸을 벌레 만지듯 하더군요. 지구를 망친 건 그런 남자들이에요. 죽어 마땅하죠."

여자 의사도 이곳이 어떤 곳인지, 또 우리가 어떻게 될지 알지 못했다. 여자 의사가 내게 이것저것 물었다. 난 34일째 보트를 만났던 일, 55일째 할아버지를 만났던 일, 89일째 아주머니를 만났던 일, 144일째 남자를 만났던 일, 233일째 그 어떤 것도 보이지 않았던 일까지 모두 이야기했다. 그리고 보트에 남아있는 화분 세 개도 이야기했다. 그러자 관심을 보이며 어떤 꽃이냐고 물었다. 하나는 노루귀꽃, 하나는 도라지꽃, 하나는 버들마편초라고 말하자, 혹시 그 꽃들의 꽃말을 아느냐고 물었다. 각각 신뢰, 사랑, 소망이라고 말하자, 여자 의사가 묘한 미소를 지었다. 그러더니 어떤 새소리를 내자 독수리 한 쌍이 날아왔다. 여자 의사가 당장 노란 보트를 찾아보라고 부탁하자 어디론가 날아갔다. 여자 의사는 흥분하고 있었으나 표내지 않으려고 애썼다. 무슨 좋은 일이 있냐고 묻자 여전히 묘한 미소를 지으며 이곳에 종교를 만들 수 있을 거라고 했다. 그러고는 이렇게 말했다.

"당신이 말한 34, 55, 89, 144, 233 그 숫자들과 그 꽃말이면 충분해요."

내가 이해할 수 없다며 고개를 갸웃하자 그 숫자들은 자연의 이치를 수로 표현한 피보나치 수열이라고 했다. 앞에 두 수를 더하면 뒤에 수가 된다고 했다. 그냥 우연이 아니라고 했다. 또한, 성경에서 강조한 신뢰, 사랑, 소망이면 충분하다고 했다. 꽃말들은 우연이겠으나 숫자들이 무슨 상관이냐고 물었더니 관계가 중요한 게 아니라 그걸 어떻게 이용하느냐가 중요한 거라고 했다. 숫자만큼 믿음을 주는 것도 없지 않으냐고 했다. 숫자는 신뢰의 상징이 아니냐고 반문했다. 또 그 홍수 상황에서도 숫자를 정확하게 기억하지 않았냐고 말했다. 왠지 설득력 있었다. 고개를 끄덕이다가 종교를 만들어서 뭘 어쩌겠다는 거냐고 물었다. 여자 의사는 잠시 뭔가를 고민하는 것 같더니 지금부터 우리는 서로를 믿어야 한다고 했다. 그러더니 자기 배를 바라보며 뭔가 만족스러운 미소를 지었다. 경이롭게도 이렇게 말했다.

"이 안에 아이가 자라고 있어요."
"아이요? 그럼, 그 남자의 아인가요?"

여자 의사는 누구의 아인지는 중요하지 않다는 듯 내 질문은 무시한 채 이렇게 말했다.

"정확히 말하면 아이들이죠. 쌍둥이 말이에요. 분명히 남녀 한 쌍일 거예요."

여자 의사는 자기 아이들이 이 에덴동산의 아담과 이브가 될 거라고도 했다. 그러니까 아담과 이브가 이곳에서 살아남는 방법은 종교밖에 없다고 했다. 종교가 아니고는 다른 동물을 이길 수 없다고 했다. 그러더니 나 보고 동정녀 마리아가 되라고 했다.

"별안간 그게 무슨 뜻이죠?"
"난 아이들의 아빠를 죽인 사람이에요. 그러니까 난 아이들의 엄마가 되어선 안 돼요. 아이들이 원죄를 가지고 태어나면 안 되니까요."
"그래서 나보고 아이들의 엄마가 되라는 말인가요?"

여자 의사는 마치 자기가 신이라도 된 것처럼 아주 묘한 미소를 지었다. 법과 종교와 아담과 이브를 만든 신이었다. 순간, 내 눈에서 눈물이 흘러내렸다. 처음엔 아이가 있다는 말에 경이롭다고 생각하며 희망을 꿈꿨으나 법과 종교를 들먹이자 슬펐다. 내가 왜 이곳에 왔는지, 왜 나에게 아기집이 없는지, 내 운명을 알 수 있었다. 어딘가에 있을 신의 처지에선 인간이 최후의 에덴동산마저 망치게 둘 수는 없었던 거다. 내가 보트를 만난 일부터 그동안 살아남을 수 있었던 일들이 모두 신의 뜻인 것만 같았다. 마지막 살인자가 되는 것, 그리하여 최후의 1인으로 사라지는 것 그것이 내 운명이었다. 여자 의사가 자기의 아이들을 직접 해할 수는 없을 테니까! 여자 의사에게 물었다.

"당신 같은 사람들이 지구를 망친 것 같지는 않나요?"
"맞아요. 하지만 동정녀 마리아는 아니죠."

그 이후 여자 의사는 아무 말도 하지 않았다. 신이 늘 그랬던 것처럼 말이 없었다. 나 또한 아무 말도 하지 않았다. 8개월 후 아이들이 태어났다. 여자 의사 말대로 남녀 한 쌍이었다. 일주일 후 여자 의사는 모든 죄의 값을 피로 씻겠다고 말하더니 칠흑같이 까만 한밤중에 밖으로 나간 후 돌아오지 않앉다. 이제 신의 뜻에 따라 아이들을 살해하는 일만 남았다. 그동안 찾아온 인간이 아무도 없었으므로 이것이 신의 뜻이라고 믿었다. 인간은 지구를 망친 죄의 값에 따라 이 우주에서 영원히 사라지는 것이었다. 이튿날 아이들을 안고 저 아래 알지 못하는 공포를 향해 내려가려는데 어디선가 붕붕 기적소리가 울렸다. 눈을 들어 저 멀리 바다를 바라봤다. 커다란 배 한 척이 인류의 깃발을 나부끼며 다가오고 있었다. 하얀 바다가 출렁거렸다.

워터볼로 다이빙하기

강선우

이제 갓 글을 쓰기 시작했는데 생각지도 못한 좋은 기회를 얻었습니다.
평범한 하루하루, 그날그날, 매일매일…… 그 안의 일상 속에서 나만의 색깔을 찾는 여정을 시작하려 합니다. 이 여정의 첫 페이지를 함께 열어 주셔서 감사합니다.

미승은 5년 전 바다에 빠진 자신을 구하고 죽은 쌍둥이 언니를 기억한다. 하지만 살아 돌아온 미승에게 쌍둥이 언니는 처음부터 없었다고 엄마는 말한다. 쌍둥이 언니의 기억과 증거를 찾고자 한다.

1

5년 전. 내 쌍둥이 언니가 죽었다. 나는 살았다. 그 차가운 물에서 나를 끌어 올리고 서서히 가라앉았다. 나는 알았지만. 나는 모른다. 기억이 나지 않는다. 그리고 언니가 존재했다는 증거가 모두 사라졌다.

무슨 일이 생긴 거지? 내가 무슨 짓을 한 거지? 어쩌다 이렇게 되어버린 걸까. 그날의 기억을 찾기 위해 나는 바다로 돌아가야 한다.

"이거랑 같이 계산해 주세요."

매주 토요일. 하루 한 번. 컵라면 하나, 두유 하나. 늘 같은 것을 골라 계산대 앞에 선다. 이제는 얼굴도 익혀 한번 웃으며 인사라도 할 수 있을 정도인데. 아름은 오늘도 무표정으로 계산대 앞에 선 미승을 바라보았다. 같은 또래 같은데….

"오늘도 같은 것 사시네요."

아름이 웃으며 말을 걸자 예상하지 못했던 미승이 갑자기

사레에 들려 콜록댔다. 분명 대답을 하려다 저리된 것이다. 한참을 콜록거리다 조금 가라앉자 미승이 말을 했다.

"아, 예, 죄송해요. 제가 딴생각을 하느라……, 뭐라고 하셨죠?"
"하하, 오늘도 같은 것 사신다구요. 여기가 부모님 가게라 주말마다 제가 있거든요. 자주 오시는 것 같아 말 걸어 봤어요."
"저를 기억하시나 보네요. 제가 주변을 잘 못 봐서요."

미승이 어색하게 웃으며 아름이 건네준 비닐봉지를 받아들었다.

"여기가 파도도 세고 외져서 서퍼들은 자주 오는데 아가씨 혼자 오는 경우는 많지 않거든요."
"아, 네. 사실 바다로 들어가고 싶은데 물 공포증이 있어서……. 자주 보면 좀 덜 무서울까 싶어서……. 다른 곳은 사람이 너무 많아서……."

두서없이 이것저것 말하고 있는 미승이지만 오늘 제일 말을 많이 했다는 것을 아름은 모를 것이다. 인사를 하고 가게를 나서려는 미승을 아름이 붙잡았다. 깜짝 놀라 뒤돌아본 미승에게 웃어 보이며 '잠깐만요.'라고 말하고는 가게 카운터 뒤쪽의 방으로 들어갔다. 잠시 후 다시 나온 아름의 손에는 은색으로 반짝거리는 돗자리가 들려 있었다. 이게 뭐지라고 묻는 듯한 표정에 아름이 웃으며 말했다.

"지금 밖의 파라솔 자리에 앉을 곳이 없어요. 라면 뜨거운데 어떻게 들고 먹으려구요. 저도 밥 먹어야 하니까 같이 먹어요."

그도 그럴 것이 바깥에 서너 개 있는 파라솔 테이블에 사람들이 삼삼오오 이미 앉아 있었다. 미승은 그래도 되겠냐고 말하며 함께 돗자리를 펴고 신발을 벗고 앉았다. 발 빠른 아름이 어느새 쟁반에 보글보글 끓인 라면을 가져왔다.

"컵라면 있는데 귀찮게 끓여오셨어요. 잘 먹겠습니다."
"계란도 두 알 넣었으니, 하나씩이에요."

하하 웃으며 말하는 아름과 이제 긴장이 좀 풀린 미승은 질문도 하고 웃기도 하면서 라면을 먹었다.

"찬밥 좀 말아올까?"

"조금만 말자."

"기둘~!"

 같은 나이라는 것을 안 뒤부터 둘은 늘 함께했던 것 마냥 자연스럽게 말을 놓았다. 찬밥을 가지러 들어가는 뒷모습을 보며 이렇게 긴장하지 않고 편하게 말하고 숨 쉬는 것이 얼마 만인가 하고 미승은 생각했다. 철썩이는 바다를 바라보며 미승이 숨을 크게 들이켰다 뱉어냈다. 다시 한번. 크게 들이쉬고, 내쉬고. 바다에서 이렇게 숨을 쉴 수 있다면 얼마나 좋을까. 그렇다면 그때. 나는 언니를 구할 수 있었을까?

2

 '물 공포증? 사고가 있었고 트라우마 때문에? 그러면 원래 못 들어가던 게 아니었구나. 그러면 수영도 좋지만, 서핑을 배워보면 어때? 그러면 물에 직접 들어가는 것보다 훨씬 덜 무섭지 않을까?' 하고 말을 한 아름의 조언대로 미승은 그 다음 주 서핑 수업에 참여했다. 원래의 소심한 성격으로는 결코 이렇게 빠른 진전은 절대 생각도 못 했을 것이었다. 스스로도 성격이 급하다고 말하는 아름이 '내가 가르쳐 줄게! 나 자격증

있어!'라고 말을 해 거절할 타이밍도 생각할 타이밍도 놓쳤다. 그날로부터 다음 주 토요일. 즉 오늘 토요일. 미승과 아름은 아기 물개들처럼 해변 모래 바닥에 엎어져 있게 된 것이었다. 서핑 수업이라더니……, 왜 수강생이 나뿐인 건데? 라고 눈빛을 보내는 미승이었다.

"이거 맞는 거지?"
"나를 좀 믿어봐. 나 강사 맞다니까! 자! 다시 한번!"

안전 또 안전을 강조하며 한참을 모랫바닥에서 자세를 배운 후 드디어 물에 들어갈 차례가 되었다. 물론 보드 위로 올라간다고 해도 물 공포증을 이길 수는 없었다. 당연한 것이다.

오늘의 첫 번째 목표는 도망가지 않고 밀려오는 파도를 맨발로 느끼며 똑바로 쳐다 볼 것.

"이 선생님이 말이다, 너처럼 수영도 못하는 초짜를 바로 물에 넣어버리거나 하는 나쁜 사람 아니야. 그러니 선생님 믿고 따라오시게~."

당찬 아름의 구호 아닌 구호에 일단 이리저리 몸을 굴린다. '이거 진짜 맞는 거지?'라는 눈빛을 옆의 아름에게 보내며 일단 시키는 대로 움직이는 미승이었다.

  은색으로 반짝이는 돗자리를 들어 모래를 탁탁 털고 다시 바다에 펼친다. 미승과 아름은 샤워를 해서 뽀송해진 상태로 캔 음료수를 하나씩 들고는 돗자리 위에 앉았다.

"그런데 왜 그렇게 바다에 들어가려고 하는 거야? 저번엔 초면이라 묻기가 좀 그랬는데 지금은 네가 어떻게 해서라도 들어가겠다는 의지가 보여서. 공포증을 이겨야 할 만큼 중요한 이유 있는 거야?"

"사실은……."

  어서 이야기해 봐 라는 표정을 쳐다보며 미승은 어색하게 웃는 표정을 지었다. 눈앞의 검푸른 바다. 하얗게 부서지는 파도 소리가 시원하게 들린다. 하늘은 파랗다. 손에 든 음료수는 시원하다. 두 번째 만나는 친구는 편하다. 누군가에게 내 이야기를 해야 한다면. 지금이어야 하지 않을까?

"사실은……, 기억이 나지 않아. 내 기억 속에는 내 쌍둥이 언니가 분명 존재하는데…… 바다에서 사고 후 눈을 떠보니 존재 자체가 사라졌어. 나도 십대 때 대부분의 기억을 잃었는데 그 사이에 있는 쌍둥이 언니는 분명 기억하거든. 그때 바다에 빠졌을 때에도 쌍둥이 언니가 날 구해줘서 살았어. 언니는 아직까지 못 찾았고. 아니. 못 찾은 게 아니고 안 찾은 거겠지. 아무도 언니를 믿지 않으니까."

 탁! 음료수를 따서 시원하게 한 모금을 마셨다. 그리고 다시 말을 이었다.

 "부모님이 그러시더라. 너 쌍둥이 아니라고. 서류까지 보여주시더라고. 그러면 내 옆에 있던 언니는 뭐지?"
 "귀신?"

 나 나름 진지했는데 라고 말하며 미승이 하하 웃었다.

 "너무 표정이 안 좋아져서. 일단 분위기 전환 좀 해보자고. 하하"
 "하하. 그래. 사실 나도 이 이야기를 다른 사람들에게는 하지 않거든. 미친 사람 취급하니까. 실제로 사고 후에 정신과 진료도 받았어."
 "편하게 말해도 괜찮아. 어차피 여긴 들을 사람도 없어. 그리고 뭐 어때. 진짜 귀신이라도. 널 구해줬으면 수호령 같은 거로 생각하면 오히려 좋은 거지."

부풀어 올랐던 풍선에서 천천히 바람이 빠지듯 긴장감이 풀어지는 미승이었다. 단 두 번 만난 인연인데 이렇게 편한 건 뭘까? 라는 질문에 그건 우리가 서로 선택해서 친구가 된 거니까 라고 시원하게 대답하는 아름.

"넌 주말에만 집에 오는 거야?"
"응. 주말이라도 부모님 도와 드려야지. 다음 주부터는 방학이니 계속 여기 있을 거야. 서퍼들은 꽤 오는데 시즌 지나면 거의 찾지 않는 깡시골이거든, 일주일에 이틀! 딸이 드리는 휴식이지. 그리고 시즌 때는 서핑 일일 강사도 하거든."

꽤나 쏠쏠하다며 웃는 아름이다.

"효녀네."

미승은 자신의 부모님을 떠올려 보았다. 못 본 지 꽤나 되었네. 고등학교도 그만두고 결국 정신병원에 입원. 그리고 성인이 되어 직접 병원을 걸어 나오기까지. 부모님에 대한 왜인지 모를 분노. 이유 없는 적대심. 23세가 된 현재의…… 부모님과의 관계다. 그리 우울하진 않다. 그리 기쁘지도 슬프지도 않다. 병원에서 배운 것도 있다. 남보다 평정심을 잘 유지하고 관찰을 잘한다. 미승은 스스로 눈치가 빠른 사람이라고 자신을 평가하고는 한다. 그 안목으로 아름이도 알아본 거겠지. 이 아이는 아주 좋은 사람이다. 둘은 다 마신 음료수 캔을 탈탈 털어 보이곤 과자를 한 봉 깠다.

"방법을 찾아보자. 천천히."
"넌 내 말을 믿니?"
"못 믿을 건 또 뭐야? 혹시 언니가 진짜 존재하던 것이 아니라면 넌 어떻게 할 거야?"
"나는……, 사실 잘 모르겠어. 내가 뭔가를 증명하려는 것도 아니고……. 하지만 잃어버린 기억을 찾기 위해선 언니를 찾아야 할 것 같거든."
"시신을?"
"나도 그건 좀 무섭기는 해. 하하."
"네 언니라는 존재가 널 살리고 죽었다면 분명 이유가 있을 텐데……."
"그게 궁금해. 내가 무엇을 잃어버렸는지. 왜 이리 허무한지. 왜 내 옆에는 아무도 없었는지."

사고 후 눈을 떴을 때 홀로 병실에서 눈을 떴다. 아무도 없었다. 언니는? 내 옆에 언니가 없으면 나는 혼자다. 무서웠다.

이야기를 다 하고, 다 들은 두 사람은 오랫동안 바다를 쳐다 봤다.

"바다에 들어가고 싶어."
"그래. 한번 방법을 찾아보자."

3

아름은 어차피 방학이고 미승은 대학교에 다니고 있지 않기에 7월 한 달을 고스란히 이곳 양양 바닷가에서 보내기로 하였다. 숙소는 아름이네 문간방을 쓰기로 했고 생활비를 낸다는 미승에게 아름의 부모님은 극구 사양했다.

"우리야 같이 지내면 심심하지 않고 좋지. 그러니 부담 갖지 말고 놀다가. 대신 반찬은 별거 없어~."

둘이 가게도 봐준다고 하니 미승의 부모님은 남들 놀 때 놀 수 있겠다고 좋아하셨다. 정말 화목한 가족이다. 아름이가 밝고 건강한 것은 아마 8할이 부모님 덕분일 것이다. 우리 집은 어떤 분위기였지? 잃어버린 몇 년 안에는 내 가족들도 포함이다.

"너는 십대가 행복했겠다."

"아니~! 이 좁은 지역에서 평생을 살아봐~! 행복보다는 사고라도 쳐서 재미를 추구하는 편이었지! 그나마 공부 잘해서 외지로 나가는 친구들은 우리 중에선 나름 성공으로 치지."

"뭔가 너답다."

"칭찬인건가?"

"응."

"아닌 듯!"

궁시렁 꽁시렁 십대 여고생들처럼 농담을 주고받으며 오늘도 모래 위에서 아기 물개가 되는 두 사람이었다. 하얀 백사장이 따뜻하다.

** ** **

지선은 방금 병원에서 걸려온 전화에 머리가 아파지기 시작했다. 불이 꺼져있는 서재로 다급히 발걸음을 옮겼다. 책상에 앉아 맨 아래 서랍을 열고 손을 더듬어 익숙하게 약통을 꺼냈다. 편두통. 5년 전 딸애의 사고와 시작된 고질적 편두통. 늘 행복했던, 자신의 평온했던 일상이 그날 깨져버렸다. 도대체 돌아갈 방법이 없는 건가. 지끈거리는 머리를 양손으로 감싼 후 눈을 감았다. 잠시 후 주머니에서 핸드폰을 꺼내 익숙하게 키패드를 눌렀다.

"애 지금 어디 있나 찾아봐 주세요. 최대한 빨리요. 애 아빠 알기 전에 빨리요."

애 아빠 말을 듣는 게 아니었어. 퇴원시키면 안 되는 거였어. 도대체 어디에 있는 거야. 완벽한 가정을 꿈꿨다. 난 노력했어. 도대체 내가 왜 이런 실패감을 느껴야 하는 건데. 도대체 뭘 그렇게 찾아다니는 거니. 안전한 집에서 보호 받으며 남들처럼 살 수는 없는 거니? 도대체 언제까지 날 미치게 할 건데!!

** ** **

바닷물에 발을 담그고 나란히 서서 파도를 바라본다. 하얗고 커다란 파도가 밀려온다.

"헉!"

미승이 발을 빼고 뒤로 물러서 버리자, 아름이 뒤를 돌며 말했다.

"야! 도망가지 마! 안 쓸려가니까 걱정 마. 일단 신체 일부라도 물에 닿는 걸 참아야지 물에도 들어가지. 서핑보드에 누워만 있으면 안 되잖아."

 "무서워."

 결국 둘은 다시 모래 위 돗자리에 앉았다. 일반 교육생들은 하루 두어 시간의 강습을 받으면 초보 딱지를 달고 물에 들어가 서핑을 시작한다. 하지만 미승은 발목에 닿는 물도 무서워해서 서핑보드에 몸을 얹어 바다로 가려던 아름의 계획에 장애가 생겼다. 미승이 울상으로 아름을 쳐다보자, 아름이 단호하게 말했다.

 "바다! 하면 떠오르는 게 뭐야? 예쁘고 좋은 것으로! 이미지 트레이닝을 해보자. 그리고 넌 한 달 안에 물에 들어가는 건 무리야."

 아름의 말에 미승은 가만히 생각했다. '바다'하면 떠오르는 것. 사고 이후 바다가 좋다고 생각해 본 적이 없기에 생각하려는 노력조차 생소했다. 한동안 생각을 하다 외쳤다.

 "하얀 모래, 조개, 산호."

그 정도? 라고 뒷말을 흐리며 헤헤하고 웃어보였다. 고개를 끄덕이며 아름이 말했다.

"단순하구만. 하하, 그래도 말한 게 어디야. 너 처음 봤을 때는 말도 제대로 못했는데 이제 잘 웃고 말도 잘하고, 좋아 보여."

이 기세를 몰아가자! 라고 말하며 아름과 미승이 키득키득 웃기 시작했다.

"병원에 있을 때는 나도 내가 이런 애인 줄 몰랐는데."
"말할 상대가 없으면 다들 그렇게 의기소침해지지 않을까? 그러니까 너도 너무 신경 쓰지 마. 사람은 원래 환경에 적응하는 동물이랬어."
"누가?"
"몰라."

키득키득 또 한바탕 웃고서는 다시 일어나 바다 쪽으로 향했다.

- 찰칵

** ** **

 지선은 차를 몰고 양양으로 향했다. 강원도라니……, 연고지도 없고 가본 적도 없는데……. 심부름센터 직원이 직접 찍어온 사진이 아니라면 믿지 못했을 것이다. 사진 속의 딸은 웃고 있었다. 저렇게 웃는 모습을 본 적이 얼마 만인지…….

 '나는 속이 썩어 가는데 넌 웃고 있구나.'

 지선은 스스로 모성애가 없다고 생각해 왔다. 무너지지 않기 위해 엄마가 아닌 이지선으로서 살기로 선택했었다. 아이가 있다고 일을 포기하고 싶지 않았다. 다행히 남편도 지선과 비슷한 성향이라 지선은 아이 엄마가 아닌 성공한 대기업 커리어우먼으로 지금껏 살 수 있었다. 가끔 생각했다. 아이가 엄마가 필요하다고 요구했던 적이 있던가? 내가 시그널을 못 알아들어 아이가 이렇게 된 것일까? 아니. 아니다. 모든 사람이 질풍노도의 십대 시절을 보내고 견디고 그렇게 사회에 나와 어른이 된다. 다른 사람들 다 겪는 것을 왜 자신의 딸만 유독 저렇게 겪는 건지. 남들만큼만 평범하게만 살아주면 안 되는 건가. 딸애가 병원에서 눈을 뜬 후 뱉은 말에 소름이 끼쳤다.

"언니는?"

언니라니. 나에게 자식은 너뿐인데. 소름이 끼쳤다. 이 애는 나를 옥죄인다. 느끼고 싶지 않은 불쾌감을 만든다. 마치 '당신은 엄마 자격이 없습니다.'라고 온몸으로 말하는 것 같다. 다른 사람들이 나를 어떻게 생각할지. 입 밖으로 내지는 않았지만 솔직히 아이의 상태보다 나에 대한 평판을 우려했던 것이 사실이다.

'당신은 이기적이야.'

남편의 말이 떠오른다. 그래서 뭐? 당신도 똑같잖아. '엄마'라는 입장 때문에 모든 책임을 전가하려는 남편이 실망스러웠다. 나는 당신과 다르게 엄마가 되기 위해 피를 토하는 심정으로 견뎌왔다. 그건 아마 아무것도 모르는 아이도 그랬을 것이다.

"무책임한 인간."

핸들을 쥔 손에 힘을 꽉 주고는 지선은 미승이 있는 곳으로 향했다.

** ** **

벌써 7월 중순. 하늘이 파랗다. 어제 비가 온 후로 아주 활짝 개었다. 미승은 양팔을 번쩍 들어 기지개를 켰다. 며칠 전 드디어 무릎까지 들어가는 것에 성공했다, 매일 조금씩 조금씩 바다에 다가가고 있다. 비록 무릎이지만 다가오는 파도에 겁먹지 않고 따갑게 찰싹 종아리를 때리는 하얀 파도를 느꼈을 때, 미승은 마음속에서 커다란 풍선이 두둥실 떠오르는 기분이 들었다. 풍선은 이리저리 미승을 톡톡 건든 후 하늘로 날아갔다.

'이런 기분이 환희라는 거구나.'

미승은 생각했다. 조금만 더 노력하자고 생각하며 대문 옆에 걸려 있던 빗자루를 내려 문 앞과 가게 앞을 쓸기 시작했다.

"미승아, 밥 먹자."

"갈게, 다 했어."
"어차피 바람 불면 또 모래 들어와. 대충해~."

빗자루를 다시 걸고 대문으로 들어가는 미승의 뒷모습을 지선이 바라보고 있었다.

'저 애가 웃네…….'

지선은 잠깐 본 미승의 얼굴에 충격을 받은 듯 한참을 서 있었다. 몇 년간 저렇게 웃는 얼굴을 본적이 있었던가…… 아니 그 이전에도 내가 저 애 얼굴을 가만히 본 적이 있었던가?

지선은 눈앞에 놓인 커피 잔을 가만히 들여다보았다. 도착했을 때는 바로 차에 태우고 서울로 돌아가 병원에 데리고 가려고 했었다. 신경정신과 약은 함부로 중단해서는 안 된다. 특히 미승이 같은 경우는.

"쌍둥이? 언니? 우리 애가 미친 건가요? 도대체 왜 저러는 건가요?"
"큰 사고로 몇 년 치의 기억이 사라지는 경우는 드물게 있는 경우고……, 시간이 흐르면 서서히 원래 기억이 돌아오며 바로 잡히는 경우가 있으니 일단 빠른 치료를 시작하시지요."

 그렇게 5년의 시간이 흘러가고 있다. 나아질 기미가 없다. 혼자서 잘 알아서 하겠다는 말을 믿고 분가시켰다. 아니. 내 눈에 거슬려서 없어지길 바랐는지도. 지선은 고개를 돌려 창밖의 바다를 바라보았다. 머릿속이 복잡하다.

 "이지선. 없던 모성애라도 생긴 거야?"

 모성애? 웃기는 소리다.

 4

 결국 올 것이 왔다. 딱 한 달만. 7월 한 달만, 그 정도의 여유를 바라는 게 나에겐 사치인 건가? 오늘도 바닷물에 무릎을 담그고 서서 파도를 바라보고 서 있는데 익숙한 목소리가 들린다. 자신의 이름이 불려졌지만 뒤돌아보지 않았다. 철썩철썩하는 파도의 소리에 집중한다. 그에 반면 지선은 까무러치도록 놀랐다. 5년 전의 아찔했던 기억이 떠올랐다.

 "당장 이리 나와!! 윤미승!!"

평소의 조용하고 우아한 지선이 아니다. 소리를 지른 적이 살면서 몇 번이나 되었던가. 그래. 너랑 관련될 때마다 이성을 잃는다. 처음은. 너를 만난 날. 네 아빠가 핏덩이였던 너를 데리고 내 집 문을 열고 들어와 나에게 너를 소개했을 때다.

"내 딸이야."

나는 살면서 처음으로 절규했고. 소리 질렀다. 나의 평온했던 일상이 너로 인해 뒤틀려지기 시작하는 순간. 사람들은 말한다. 엄마가 아이를 낳기 위해서는 온몸의 관절이 뒤틀리며 고통스럽게 아이를 출산한다고. 아니. 사람들은 하나는 알고 둘은 모른다. 마음으로 낳아야만 한다는 그런 거지같은 조건에서…… 마음만으로 아이를 낳을 때… 모든 정신이 뒤틀리고 무너진다. 그렇게 나는 육체가 아닌 정신을 뒤틀며 저 아이를 낳은 것이다. 미웠던 것은 아니었다. 아이는 잘못이 없다는 것을 알고 있었으니까. 크면서 피가 섞인 남편보다 오히려 나를 닮아가는 분위기와 취향. 남편을 향해 우월감을 느끼기도 했다. 우리는 모녀보다 가까운 친구 같은 관계였다. 그 일이 있기 전까지는. 나의 노력이…. 평온했던 나의 일상이…. 깨져버렸다.

"……돌아와."

아름이 가게 밖의 상황을 인지하고 놀라서 뛰어나왔을 때 이미 지선의 손바닥이 미승의 얼굴을 강하게 후려친 뒤였다. 놀라서 어쩔 줄을 모르는 아름의 얼굴에 미승이 나는 괜찮다고 말하듯 가만히 손을 흔들었다. 자신의 흥분한 모습을 누군가가 보고 있었다는 것에 부끄러움을 느끼며 지선은 양손으로 얼굴을 감쌌다.

"그러니 좋은 말로 할 때 나왔어야지. 넌 왜 날 이렇게 만드는 거니."
"엄마, 미안해요."

아……, 미승이 어머니시구나. 아름은 되도록 밝은 목소리로 인사를 했다.

"어머니, 안녕하세요. 전 미승이 친구 성 아름이에요."
"아, 네. 반가워요. 우리 미승이가 요즘 신세 지고 있다고 들었어요. 고마워요."

지선은 애써 웃으며 아름에게 손을 내밀었다. 아름은 어른께 인사를 드리며 악수를 별로 해본 적이 없어 어색하게 손을 잡았다. 손이 땀에 젖어있다. 아까의 따귀도 미승의 사고가 떠올라서 놀라셔서 그랬구나 하고 아름은 생각했다.

"어른들은 지금 계시나요? 인사를 드려야 할 것 같아서."

라고 말하며 지선은 가게 옆에 세워둔 차로 향했다. 뒷좌석에서 보자기로 포장된 네모난 상자를 꺼내며 평소처럼 우아하게 웃어 보였다. 미승은 그 모습에 갑자기 한기가 들어 몸을 한 번 작게 떨었다.

'엄마가 오셨어. 안 돼. 난 좀 더 여기 있어야 하는데. 왜 갑자기 오신 거지?'

아름이가 가게 옆 대문을 열고 들어가 부모님께 지선을 인사시키는 것을 보던 미승은 그 순간 도망가고 싶다는 충동에 휩싸였다. 그리고 자신도 모르게 바다를 향해 뛰어들었다.

"꺄아악!! 윤미승!!!"
"미승아!!"

아름이 재빠르게 뛰어들어 미승을 향했다. 미승이 허우적거리면서도 더욱 깊이 들어가고 있었다.

"야!! 미쳤어?!! 당장 이리와!!"

한바탕 소동 후 물을 많이 먹고 결국 미승이 응급실로 실려 갔다. 갑자기 발생한 사고에 놀란 부모님과 아름을 향해 지선이 아무 감정 없는 말투로 말했다.

"정말 죄송합니다. 저 애가 정신이 온전치가 않아서요. 요즘 병원도 안 오고 약도 안 먹어서 데리러 온 건데……, 이런 추태를 보였네요. 죄송합니다."

지선은 놀란 아름의 가족들을 향해 공손히 인사를 한 후 말을 이었다.

"차라리 잘 되었네요. 바로 병원에 입원시켜야겠어요. 그동안 감사했습니다."

그리고 차 문을 열며 아차 하는 표정을 지었다.

"죄송하지만, 미승이 짐은 그냥 다 버려주세요."

5

다시 또 이 방이다. 정확히는 방이 아니라 병실이지만. 미승은 자신을 부르는 간호사에게 고개를 돌리고 약을 받았다. 나가지 않는 간호사를 보고 한숨을 쉬고는 물병을 따고 약을 털어먹었다. 꿀꺽하는 모습을 보고, 혀까지 확인 한 간호사가 그제야 병실을 나섰다. 졸리다. 이래서 약이 싫다. 맑은 정신으로 생각할 수가 없다.

"아름이가 걱정할 텐데……."

미승이 병원에 다시 입원을 한 후 지선은 양양에서 보낸 미승의 짐을 받았다. 짐 속에 들어있는 편지를 보고는 순간 버려야할지 생각했지만 이내 마음을 접었다. 그때 잠깐 본 미승의 웃는 얼굴이 어쩌면 다시 돌아올 수 있다는 희망을 갖게 했다. 다른 사람처럼만. 딱 평범한 사람만큼만 살아주기만 하면 되는데. '평범함'이라는 단어가 이렇게 어려운 것이었나. 지선은 서재 책상에 앉아 물끄러미 아름이 보낸 작은 상자와 편지를 바라보았다.

"요즘 애들 같지 않게 손 편지는….."

** * **

 아름 양. 편지는 고마워요. 어쩌면 미승이가 먼저 말을 꺼냈을지도 모르지만, 제삼자의 입장에서 본 내가 하는 말이 더 진실에 가까울 거라 판단하고 이렇게 글을 남겨요.

 미승이가 중2가 되던 해에 우리가 모르는 학교 폭력이라는 것을 겪기 시작했다고 해요. 그때 우리 부부는 바빴고 서로 얼굴을 보려면 일부러 시간을 맞춰야 할 정도였죠. 처음에는 가벼운 괴롭힘이었다고 해요. 담임 말로는 그래요. 공부를 아주 잘하던 아이였으니 선생님들 눈에 걸렸죠. 그 후 괴롭히던 무리는 교묘해졌고 폭력으로 바뀌었어요. 나중에 등을 보니 시퍼런 멍이 들어 있었죠. 우리 부부는 교육청에 항의해 부모가 할 수 있는 선에서 최대한 노력했어요. 어차피 중학교는 1년만 지나면 끝나니까. 외고로 가면 기숙사 생활이니 피의자들과 접촉이 없어질 테고 그러면 괜찮아지겠거니 했어요. 하지만 그 또래 아이들이 그렇게 영악한 줄 몰랐던 거죠. 외고에 무사히 입학했다고 생각했는데 그 무리들 중 하나가 함께 입학한 걸 놓친 거예요. 다시 시작이 된 거죠. 그리고 담임의 전화를 받고 갔을 땐 다쳐서 병원에 실려 갔고, 그때부터였어요. 갑자기 쌍둥이 언니가 있다고 말을 시작한 건. 정신과 진료를 받게 했는데 놀랍게도 그 허상의 존재가 진짜라고 믿고 그 존재를 의지하고 있다는 것이었어요. 그리고 어느 날…… 갑자기…… 학교에서 뛰쳐나와 바다로 뛰어들었어요. 결국 학교를 그만두게 했죠. 그날의 이야기는 제대로 듣지 못했어요. 그나마 다행이죠. 그 때 그 언니라는 존재는 죽었다고 하니까요. 정신이 아픈 아이니까 집에서 치료를 받으면 좋아질 것이라 생각했어요. 하지만 자신만의 세계에 빠져버려 현실을 놓아버리더군요.

그러다 몇 년을 입원과 퇴원을 반복하다 이번엔 아름 양이 있는 양양까지 가 있더군요. 그날 봐서 알 테지만. 정상이 아니에요. 그러니 아름 양도 적당하게 손을 떼 주세요. 병원 치료가 수월하게요. 또다시 그곳에 가길 원하지 않아요. 이해했다고 알고 있을게요.

그럼, 이만.

                    ** * **

e mail을 받은 아름은 한동안 말이 없었다.

'어떻게 엄마가…… 제삼자가 될 수가 있지?'

지선이 보낸 메일을 확인 후 아름은 밖으로 나와 바다를 바라봤다. 벌써 8월이 끝나간다. 여름이 끝나 가는데…… 미승이는 어디에 있는 걸까?

"아직 서핑도 못 가르쳐 줬는데……."

** ** **

미승은 가만히 침대에 누워 눈가에 워터볼을 가져다 댔다.

"바다가 보이네."

지선이 두고 간 아름이가 보낸 워터볼과 편지를 받고선 처음에 어리둥절했다. 그리고 고마움이 일었다.

"모래에, 조개에……, 예쁜 것 다 들어간 바다네."

가만히 웃으며 손바닥만 한 바다를 구경했다. 나는 바다로 뛰어든다. 미승은 눈을 감고 상상하기 시작했다. 비록 서핑은 못 배웠지만 아름이가 선물한 이 작은 바다에선 마음껏 들어갈 수 있다. 매일 워터볼의 바다에 뛰어들던 어느 날 미승의 눈앞에 언니가 나타났다. 내 반쪽. 내 분신. 나는 언니가 나에게 하려는 이야기를 들을 준비가 되었다. 언니의 입이 열리기를 기다린다.

** ** **

처음에는 일반적인 폭행이었다. 그건 참을 만했다. 더 이상 못 참겠다고 생각할 때쯤 폭력은 끝나고는 했다. 가끔 정신을 잃을 때가 있었다. 눈을 떠보면 어느새 지옥 같은 시간이 다 끝나 나 혼자 남아 있었다. 그때 언니를 처음 보았다. 나랑 똑같은 얼굴, 키. 나는 나에게 자매가 있었다는 사실에 놀라며 시간이 조금 흐른 후 대부분의 시간을 함께 보내기 시작했다. 특히 언니는 내가 고통스러울 때 나를 감싸주었다.

"눈 감아."

이 말을 들으면 나는 잠들어 버리고 눈을 뜨면 힘든 일은 모두 지나간 상태였다.

"다 내가 기억하면 되니까. 넌 잊어버려."

언니의 그 말이 나에게 살 수 있는 한 줄기 빛이 되었다.

부모님이 원하시는 대로 외고에 들어갔다. 물론 옆에는 언니가 있었다. 그러나 폭력이란 꼭 육체에만 국한되지 않는다는 것을 깨달았다.

"미승. 쟤. 쟤네 아빠가 밖에서 낳아 온 애래. 우리 엄마가 그랬어. 쟤 친엄마가 술집 여잔데……."

나도 모르는 내 출생의 비밀이라니. 무작정 집으로 들어갔다. 학교에서 온 전화 때문에 싸우는 부모님의 대화에서 나의 존재를 알게 되었다. 내가 문 앞에 서 있는 것도 모르고 고함치는 엄마와 아빠. 진짜구나. 뛰쳐나와 눈에 보이는 택시를 탔다. 가장 가까운 바다로 향했다. 나는 하얀 파도에 홀린 듯 물에 빠져들었다. 그때였다.

"내가 힘든 기억은 다 가지고 갈 테니. 너는 살아. 그래도 돼."

그렇게 언니는 웃으며 가라앉고 나는 떠올랐다. 힘들었던 당시의 기억은 다 바다에 두고.

** ** **

지선은 의사와의 면담을 끝내고 미승을 보기 위해 병실로 들어왔다.

"많이 좋아졌다더구나. 기분은 어때?"
"약도 잘 먹고, 머리가 맑아졌어요. 고맙습니다. 엄마."

웃으며 말하는 미승의 얼굴을 잠시 바라본 후 지선은 고개를 끄덕였다.

"그래. 그래야지. 그래야 이지선 딸이지."
"네. 엄마처럼 강한 사람이 되고 싶어요."
"?"

그게 무슨 말이니 라고 묻는 듯한 표정에 미승이 웃으며 말했다.

"그냥……, 엄마도 나 때문에 많이 힘들었을 텐데……. 그래도 엄마는 포기하지 않고 날 찾으러 와줬잖아요. 그날도, 이번에도……. 고마워요."
"…… 당연하잖아. 자식이 너 하나밖에 더 있니."

밥 잘 챙겨 먹으란 말을 마지막으로 지선은 병실을 나섰다. 미승은 창밖으로 보이는 지선을 사라질 때까지 보았다. 5년 전에 병원 응급실로 뛰어 들어와 내 딸을 살려내라고 소리 지르던 지선이 떠올랐다. 나는 아무도 모르는 '언니'와 '엄마'의 비호 아래 두 번째 인생을 살게 된 것이다. 지선은 여전히 미승이 친딸이 아니라는 것을 알고 있다는 사실을 모른다. 이제 그런 것은 상관없다고 생각하는 미승이었다.

책상에 앉아 아름에게 편지를 썼다. 맨 처음 마음을 다잡고 쓴 편지의 답장에서 아름은 다 이해한다고. 곧 만나자고. 말해주었다. 곧 다시 여름이 시작된다. 그때는 제대로 서핑을 배워보자.

오늘도 미승은 워터볼 속 바다로 다이빙을 한다.

하얀 바닷속 두 사람

유철현

낮에는 회사에 나가 일을 하고 밤이면 서재에 들어앉아 문을 닫고 글을 쓴다.
모든 이야기가 턱턱 막히지 않고 술술 읽힐 수 있도록 늘 고민하며 노력하고 있다.
감성 한 스푼과 공감 두 스푼이 들어간 매력적인 이야기를 만들기 위해 매 순간 심혈을 기울인다.

만난 지 1년째인 지유와 준수. 지유는 준수의 부모님께 인사를 드리는 자리에서 최대한 단정한 모습을 보여주기 위해 애쓴다. 식사 도중 준수의 여동생이 집에 도착한다. 여동생의 얼굴을 본 지유는 매우 놀라는데…….

"어, 지금 준수 씨네 가고 있어. 뭐 내가? 나 별로 안 떨리는데. 정말로."

지유는 오른손으로 핸들을 붙잡은 채, 왼손을 창밖에 내밀고 담뱃재를 톡톡 떨었다.

"아이씨."

순간 움푹 꺼진 도로 위를 지나던 차량이 덜커덩하며 크게 흔들렸다. 빨간 담뱃불이 그녀의 손등에 튀고 말았다.

"윽, 따가워."

지유는 짜증이 치밀어 인상을 확 찌푸렸다. 씩씩거리며 담배를 털어 끈 그녀는 창밖으로 꽁초를 던져버렸다.

"암튼 내가 나중에 전화할게. 끊어."

친구 주희와 전화를 끊자마자 블루투스로 연결된 전화가 또다시 울렸다. 남자친구인 준수였다. 지유는 두어 번 헛기침하며 목청을 가다듬은 뒤 전화를 받았다.

"으응, 준수 씨. 거의 다 와가."

그녀는 조금 전 주희와 통화할 때와는 전혀 딴판으로 목소리를 내리깔았다.

"나 너무 떨려. 그러니까 옆에서 준수 씨가 많이 도와줘야 해. 알겠지?"

지유는 한껏 상냥한 척 목소리를 꾸며내면서도 담뱃불에 덴 상처가 신경 쓰이는지, 미간을 찡그리며 자꾸만 왼쪽 손등을 쳐다보았다.

"집 앞에 도착하면 전화할게, 준수 씨. 끊어요."

전화 통화를 끝내고 지유는 잠시 차를 갓길에 세웠다. 찌든 담배 냄새가 빠져나가도록 창문을 전부 활짝 열어놓고는 자신도 차에서 내렸다. 한겨울이라서 오후 다섯 시만 넘어가도 바깥은 어스름이 깔리고 있었다. 자동차 헤드라이트 앞에 선 지유는 코트를 벗어 탈탈 털어댔다. 그러자 환한 불빛 위에 먼지가 뒤섞여 눈앞에서 어지럽게 나풀거렸다. 지유는 코트를 반으로 접어 한 팔에 걸친 채 핸드백에서 향수를 꺼냈다. 양쪽 손목 안쪽과 귀밑과 목선에 차례대로 향수를 뿌린 다음 다시 코트를 입었다. 한결 흡족해진 표정으로 핸들을 잡고 지유는 다시 차를 몰았다.

 남자친구인 준수와는 일 년 전 처음 만났다. 여성 의류 전문점을 운영하는 지유는 어느 날 손님으로 찾아온 훈훈한 인상의 남자를 보고서 첫눈에 무언가 야릇한 감정을 느꼈다. 여자친구 옷을 고르겠거니, 하고 생각하며 속으로 아쉬움을 삼키던 그녀에게 남자는 차분한 어조로 말을 걸어왔다.

 "저 혹시, 20대 중반쯤 되는 여자한테 어울릴 만한 게 뭐가 있을까요?"

 손님이 자유롭게 구경하도록 멀찍이 떨어져 있었던 지유는 눈썹을 씰룩이며 다가갔다.

 "여자친구분이 평소에 어떤 스타일로 입으세요?"

 최대한 자연스러운 미소로 친절을 가장하며 묻자, 남자는 겸연쩍은 얼굴로 옆머리를 긁적이며 대답했다.

"셔츠나 슬랙스도 많이 입는 거 같고, 캐주얼한 옷차림을 선호해서 반팔에 반바지도 즐겨 입어요. 아, 그리고 여자친구 아니고 여동생이에요."

자신의 마지막 말이 자신도 TMI라고 느꼈는지, 남자는 아랫입술을 지그시 깨물었다. 반면에 지유는 속으로 쾌재를 불렀다. 지금 누군가의 골키퍼가 아니라면 당장에 자기 골대를 지키게 하고 싶다는 충동이 일었다. 지유는 열심히 남자의 여동생 취향에 맞을 법한 옷들을 골라주고는 자연스럽게 다음 대화를 유도했다.

"여동생은 정말 좋겠어요."

"네?"

"오빠가 이렇게 옷 선물도 해주고. 너무 부러워요."

"여동생이 생일이라서요. 그동안 제대로 챙겨준 적이 없어서, 이번만큼은 그냥 넘어가면 안 될 것 같았거든요. 어쨌든 여기 옷들이 너무 이뻐서 여동생도 만족할 거 같아요. 혼자선 막막했거든요. 여자친구가 있었으면 같이 골라보면서 샀을 텐데……. 그래도 사장님 덕분에 이쁜 옷들로 잘 산 것 같아요. 고맙습니다."

'여자 친구가 있었으면'이라는 남자의 말에 지유는 머릿속에 전구가 번쩍 켜지는 것을 느꼈다. 잠시 후 계산을 마치고 남자가 구매한 옷들을 차곡차곡 개서 쇼핑백에 담으며 지유가 말했다.

"여동생분이 만족하면 또 오세요. 그리고 이건 별거 아니지만, 제가 여동생분한테 드리는 생일 선물이에요."

평소에 손님에게 기껏해야 양말 한 켤레나 덤으로 얹어주던 지유는 남자의 환심을 사기 위해 지인인 유명 디자이너를 통해 주문 제작한 핸드메이드 스카프를 선물했다.

"마음은 참 감사한데. 이런 걸 그냥 넙죽 받아도 되나 모르겠네요."

남자가 갑작스러운 선물에 어쩔 줄을 몰라 하며 우물쭈물하자, 지유는 이때다 싶어 용기를 냈다.

"그렇게 고마우시면 커피 한 잔 사주실래요?"
"……네?"
"그게 이래봬도 꽤 유명한 디자이너가 직접 만든 핸드메이드 스카프인데. 커피 한 잔 값보다 훨씬 비싸거든요."

지유가 방긋 웃어 보이며 너스레를 떨었다.

"근데 저는 아아 한 잔이면 충분해요."
"그래요, 좋아요. 밑지는 장사는 아니네요."

남자 역시 미소를 머금고 그녀의 제안을 흔쾌히 받아들였다. 얼마 안 가 지유는 진짜로 그 남자, 준수가 사주는 커피를 마시게 되었고, 그들의 관계는 곧 연인 사이로 발전하게 되었다.

** ** **

준수의 집은 교외의 2층짜리 전원주택이었다. 지유는 정원 앞에 자신의 흰색 SUV를 주차한 뒤 겨우내 잠이 든 노란 잔디

밭과 소나무 몇 그루와 가지만 앙상한 철쭉 사이를 지나쳤다. 나름 잘 갖추어진 아담한 정원이었지만, 그런 것들에 별 관심이 없는 지유에게는 그저 움직이지 않는 따분한 식물들에 불과할 뿐이었다. 발길이 닿는 곳을 텅 빈 눈으로 무심코 둘러볼 뿐이었다.

준수를 만나고 처음으로 그의 부모님에게 인사하러 가는 날이니만큼 지유는 화장과 옷차림에 신경을 많이 썼다. 화장은 평소보다 훨씬 옅었고, 검은색 코트 안에 남색 니트와 갈색 톤의 슬랙스를 매치해 최대한 단정해 보이도록 노력했다.

현관문 앞에 서자 짧게 심호흡을 한 번 하고 나서 벨을 눌렀다. 주희 앞에서는 센 척을 했지만, 사실 그녀도 조금은 떨렸던 것이다. 이윽고 현관문이 열리며 준수가 빼꼼히 얼굴을 내밀었다. 여느 때와 같이 자상한 미소로 따스한 눈길을 보내는 준수를 보니, 지유는 추위와 긴장으로 얼어붙었던 몸이 스르르 녹는 기분이 들었다.

"어서 와. 밖에 많이 춥지?"

현관 안에 들어서자 준수와 많이 닮은 나이가 지긋한 남자와 옆에 그 남자를 닮은 머리가 희끗희끗한 여자가 서 있었다.

"우리 아버지랑 어머니이셔."

준수가 눈짓으로 그의 부모님을 가리켰다. 지유는 공손하게 허리를 숙여 인사했다.

"안녕하세요. 처음 뵙겠습니다."
"어서 와요."
"밤길에 운전하고 오느라 고생 많았어요."

그의 부모님은 지유를 따뜻하게 맞아주었다.

"그런데, 살짝 낯이 익은 거 같네."

갑자기 그의 아버지가 미간을 좁히더니 눈을 가늘게 떴다.

"에이, 아버지도 참. 지유 씨가 워낙 이목구비가 뚜렷해서 그럴 거예요. 어디서 본 듯한 인상인 거죠."
"하하. 그런 건가? 내가 착각했나 보구먼. 아무튼 어서 들어와요."

"지유 씨, 근데 그건 뭐야?"

그제야 생각이 난 듯 지유는 손에 든 쇼핑백을 가슴 앞으로 내밀었다.

"별거 아닌데, 부모님들께서 와인을 좋아하신다고 들어서요."

그녀의 시선이 준수를 지나 그의 부모님에게로 가닿았다.

"칠레산 레드와인이에요. 당도도 높지 않고 적당히 드라이해서 어른들이 드시기에도 무난하다고 해서요."
"역시 센스쟁이야. 우리 엄마 얼굴 환해진 거 보이지?"

준수가 호들갑을 떨며 맞장구쳤다. 어색하던 분위기가 한결 누그러졌다. 지유는 그들을 따라 주방으로 자리를 옮겼다. 주방에는 고급스러운 크리스털 장식이 박힌 샹들리에가 식탁을 환하게 밝히고 있었다. 식탁 위에는 갈비찜과 잡채, 버섯전골, 훈제 연어 샐러드에 온갖 나물과 김치 등 먹음직스러운 음식들이 한 상 가득 차려져 있었다.

"차린 건 얼마 없지만, 맛있게 먹어요."

그의 어머니가 예의 인자한 얼굴로 말했다.

"음식이 너무 많아서 뭐부터 먼저 먹어야 할지 모르겠어요. 그럼 감사히 잘 먹겠습니다."

지유는 시종 억지로 미소를 머금느라 두 뺨에 경련이 일 것 같았다. 역시나 어른들을 상대하는 건 여러모로 피곤한 일이라고, 그녀는 생각했다. 저녁 식사는 내내 맞지 않은 옷을 입은 것처럼 불편했지만, 불편하지 않은 척 연기를 하느라 지유는 그 좋아하는 훈제 연어를 먹어도 고무를 씹는 기분이었다. 그런데도 영혼 없이 먹기만 하다 보니 그녀도 모르는 새 배가 불러왔다. 그러자 담배 생각이 절실해졌.

"지유 양. 밥 더 줄까요?"
"……네? 아니에요, 괜찮아요. 너무 맛있어서 급하게 먹느라 배가 불러서요."

잠시 딴생각에 빠져있던 지유는 준수 어머니의 목소리를 듣고 정신을 차렸다. 이후 한참을 준수의 주도로 대화를 이어가던 그때였다. 도어락 비밀번호를 누르는 소리에 이어 현관문이 열리고 또각거리는 구두 소리가 들려왔다.

"소진이 왔나 보다."

준수가 반가운 표정으로 고개를 들었다. 지유는 움찔하며 거실 쪽을 향해 고개를 돌렸다.

"다녀왔습니당."

준수의 여동생인 소진이 애교가 넘치는 말투로 식탁 앞에 다가섰다.

"배고프지? 얼른 와 앉으렴."

소진은 고개를 저었다.

"괜찮아. 밖에서 먹고 왔어."
"소진아, 여기는 오빠 여자친구인 지유 씨야. 인사해."

준수가 지유와 소진을 번갈아 보며 말했다.

"지유 씨, 내 여동생 소진이야."
"안녕하세요. 오빠한테 말씀 많이 들었어요!"

첫 만남이라 어색할 법도 한데 소진은 씩씩하게 먼저 인사를 건넸다. 그러나 상대방은 묵묵부답이었다. 순간적으로 온 집 안에 정적이 흘렀다. 마치 시험을 앞둔 도서관에 온 것 같은 썰렁한 분위기였다. 지유가 계속해서 아무런 반응도 하지 않고 가만있자, 견디다 못한 준수가 옆에서 침묵을 깼다.

"갑자기 왜 그래? 괜찮아?"

걱정 어린 시선으로 묻는 준수에게 지유는 금방이라도 쓰러질 것처럼 핏기가 싹 가신 얼굴을 하고 말을 더듬었다.

"아, 아니 그냥. ……죄송해요. 속이 안 좋아서 잠깐 화장실 좀 다녀올게요."
"이런. 갑자기 이게 무슨 일이람. 얼른 다녀와요."

자신을 걱정하는 준수의 부모님께 양해를 구하고 나서 지유는 급히 화장실로 향했다.

[뭐? 쌍둥이라니? 그럴 리가 없는데.]

[너무 닮았어. 머리 스타일 빼고 전부 똑같았다니까!]

[그럼, 뭐 얼굴에 점이라도 찍고 나타났다는 거야? 심지어 걘…… 이미 죽었잖아.]

[그러니까 내가 돌아버리겠단 거지!]

화장실 안에 틀어박혀 은밀하게 주희와 메시지를 주고받는 지유의 어깨가 덜덜 떨려왔다.

[도대체 어떻게 된 건지 모르겠어. 진짜 미치겠네.]

놀란 가슴이 좀처럼 진정되지 않아서, 지유는 안절부절못하고 화장실 안을 서성였다. 설마…… 귀신은 아니겠지? 나한테 복수하려고 준수 씨 여동생으로 환생했다거나 뭐 그런…… 아니, 내가 지금 무슨 말도 안 되는 소릴 하는 거야! 지유는 제정신이 아니었다. 그도 그럴 것이 그 얼굴을 다시 볼 거라곤 결코 상상도 할 수 없었기 때문이다.

"아닐 거야. 말도 안 돼."

귀신이라도 본 사람처럼 넋이 나간 얼굴로 세면대 앞에 달린 거울을 들여다보던 지유는 혼잣말을 중얼거리며 십여 년 전으로 기억을 더듬어 갔다.

재수 없는 년. 이름 대신 그렇게 부르는 데 딱히 이유는 없었다. 그냥 처음부터 모든 것이 마음에 안 들었다. 멀리 지방에서 전학 왔다는 그 애는 어딘가 모르게 촌티 나고 찌질해 보이는 모습이 너무나도 싫었다. 그 애가 전학 온 첫날부터 지유의 잔혹한 괴롭힘이 시작되었다. 지유는 마치 호된 신고식이라도 하듯 급식실에서 혼자 식판을 들고 걸어가는 그 애의 다리를 걸어 넘어뜨렸다.

그 애는 뭐가 그렇게도 당당한지, 그런 험한 꼴을 당하고도 아무렇지도 않게 바닥에 엎은 식판을 들고 퇴식대에 반납한 뒤 바닥에 떨어진 음식물을 치우고 급식실을 빠져나갔다. 지유는 그 애의 뒤통수가 뚫어져라 노려보았다. 지유는 그런 담담한 태도가 더욱더 마음에 안 들었다.

'재수 없는 년. 넌 이제 죽었어.'

이후 지유는 아무 죄도 없는 그 아이에게 지독한 괴롭힘을 가했다. 그러던 어느 날, 점심시간에 책상에 엎드려 자고 있던 그 애를 흔들어 깨웠다.

"야, 일어나 봐."

무슨 영문인지도 모르고 잠에서 깨어 어리둥절해하는 그 애를 향해 지유와 주희는 비릿하게 웃으며 말했다.

"우리 게임하자. 너도 껴줄게."
"나도 방금 당했는데, 진짜 재밌어."

주희가 저도 모르게 당했다는 말을 내뱉고는 당황해서 입을 틀어막았다.

"미친년아 입조심해. 애 겁먹겠다."

지유는 그런 주희의 어깨를 툭 치며 핀잔을 주었다.

"암튼 우리 같이 게임하자. 할 거지?"

그 애는 아무 대답도 하지 않았지만, 그녀들은 막무가내로 그 애를 끌고 가 벽 앞에 세웠다.

"긴장하지 마. 얼마나 재밌는데. 이거 요즘 완전 유행하는 거야. 우리도 다했어!"
"하, 하지 마. 나 안 할래. 하기 싫어."

어떻게든 벗어나려고 버둥거리는 몸뚱이를 꽉 붙잡고, 지유와 주희는 힘을 합해 그 애의 가슴을 강하게 짓눌렀다.

"그만해……. 제발……."
"반항하지 마. 너 그러다 진짜 죽어. 큭큭."

그 순간 조소를 머금은 지유의 목소리는, 분명 그 아이에게는 악마의 속삭임처럼 느껴졌을 것이다.

"살려줘? 살려줄까? 그럼 얌전히 좀 있어. 이 재수 없는 년아."

점점 희미해져 가는 의식 속에서 끝내 입 밖으로 나오지 못하고 속으로 삼켜진 살려달라는 외침이 그 애의 눈가에 이슬이 되어 맺혔다. 그러나 그러한 고통도 지유에게는 한낱 오락거리에 지나지 않았다. 그 애의 절망적인 눈물이 지유에게는 짜릿한 웃음이 되어 돌아올 뿐이었다. 기어코 그 애의 눈앞으로 모든 것을 집어삼킬 만큼 거대한 절망의 파도가 덮쳐왔다. 그 파고는 반짝거리는 푸른 바다가 아닌 시리도록 창백한 바다로부터 밀려오는 것이었다.

적막이 감돌던 화장실 안에 핸드폰 진동이 울리며, 지유는 다시 현실로 돌아왔다. 숨을 크게 들이마신 그녀는 빠르게 생각들을 정리했다. 얼핏 보고 착각한 게 분명해. 그렇게 평범하게 생긴 얼굴이 어디 한둘이야? 그래. 착각한 게 틀림없어. 걔는 이미 죽었다고. 지유는 마지막으로 한 번 더 확인받기 위해 주희에게 메시지를 보냈다.

[걔 죽은 거 확실하지?]

마치 기다렸다는 듯이 곧바로 답신이 왔다.

[확실하다니까. 몇 달을 우리한테 시달리고 나서 또 다른 고등학교로 전학 갔잖아. 그리고 얼마 안 돼서 전학 간 학교 옥상에서 뛰어내렸다고, 담임이 얘기해 줬잖아.]

주희를 다그쳐 확답을 얻은 후에야 비로소 지유는 안심이 되었다. 그녀는 손을 깨끗이 씻고 옷매무새를 단정하게 가다듬은 뒤 거울을 보고 양쪽 입꼬리를 활짝 올린 채 문밖으로 나갔다.

** ** **

"이제 몸은 좀 괜찮아졌어요?"

식탁 맞은편에서 준수의 어머니가 걱정스럽게 물었다.

"아직 불편하면 얘기해요. 소화제라도 챙겨줄 테니."

지유가 고개를 젓고 양손을 가슴 앞에 모으며 뻔뻔하게 연기를 했다.

"아니에요. 이제 많이 괜찮아졌어요."

그러고는 천천히 고개를 두리번거렸다.

"여동생분은 어디 가셨어요? 아까는 경황이 없어서 제대로 인사도 못 했는데."

"소진이는 조금 전에 씻는다고 2층으로 올라갔어."

옆에 있던 준수가 대답했다.

"이따가 씻고 나오면 그때 다시 인사 나눠."

그럼 그래야겠네, 하고 대답한 뒤 지유는 물이 반쯤 채워진 유리잔을 들었다. 냉기가 가신 물로 목을 축이면서 그녀는 넘실대는 유리잔 너머를 흘긋거리며 준수의 부모님을 살폈다. 불편하고 어색한 이 자리가 언제쯤 마무리될까 싶어서였다.

"자, 식사는 이만하면 된 거 같은데. 여기는 알아서 정리할 테니 두 사람은 그만 올라가 봐요."

마치 자신의 속마음을 읽기라도 한 것처럼 준수의 어머니가 그렇게 말하자, 지유는 살짝 뜨끔했다.

"정말 그래도 돼? 그럼 부탁해요, 엄마 아빠."
"그래도 그건 아니지, 준수 씨."

준수가 눈치 없이 넙죽 일어나려고 하자 지유가 황급히 그를 말렸다.

"저희도 같이 치울게요. 어떻게 염치없이 밥만 얻어먹고 일어날 수 있겠어요."

당연히 마음에도 없는 소리였다. 지유는 오히려 그의 부모님이 손님에 대한 최소한의 예의는 갖추고 있다며, 속으로는 제멋대로 합격점을 주었다.

"우리는 괜찮으니 준수 말대로 올라가 봐요."

결국 그의 부모님이 완강하게 나오는 바람에 어쩔 수 없이 자리를 뜨는 그림이 되었다. 지유로서는 완벽한 시나리오가 완성된 셈이었다. 속마음과 달리 지유는 2층에 있는 준수의 방으로 올라가는 내내 못내 마음이 쓰이는 척 뒤돌아보며 연기하는 걸 잊지 않았다.

준수의 방은 일반 가정집의 거실로 써도 손색이 없을 만큼 크고 넓었다. 한쪽 벽면에는 온갖 종류의 책들이 꽂혀있는 커다란 책장이 있었고, 성인 둘이 누워도 충분해 보이는 더블 사이즈 침대와 원형 테이블도 놓여 있었다. 그 외에 옷장과 화장대 등 다른 가구들도 전부 큼직하고 화려했다.

"근데 자기 여동생은 몇 살이야? 혹시 나랑 동갑은 아니지?"

지유가 원형 테이블 앞에 마주 앉은 준수에게 넌지시 물었다.

"왜, 나랑 그렇게 닮았어? 지유 씨랑 동갑이면 나랑도 동갑이라는 거잖아. 우리가 쌍둥이 같아?"

준수가 어이가 없다는 듯 웃었다.

"남들은 별로 안 닮았다던데. 소진이가 들으면 기분 나빠하겠네. 내가 어딜 봐서 오빠를 닮았냐고 하면서."
"아니, 나는 그냥 나랑 비슷한 또래 같아 보여서 그랬지."
"비슷한 또래는 맞지. 지유 씨랑 나랑 동갑이고, 소진이랑 나는 그래 봤자 두 살 터울이니까."
"응, 내가 너무 바보 같은 질문을 했나 봐."

멋쩍게 웃어 보인 지유는 소진의 나이를 확인하고 안도하는 자신의 모습을 들킬까 봐서 미세한 표정 변화에도 신경을 썼다. 두 사람은 마주 앉아 삼십 분이 넘도록 두런두런 이야기를 나누었다. 그들의 공통 관심사인 영화에 대해서 막 대화를 나누기 시작했을 때, 방문을 두드리는 소리가 들렸다.

"열려있으니까 들어오세요."

준수가 문밖을 향해 외치자마자 벌컥 문이 열렸다. 안으로 걸어 들어온 건 그의 여동생 소진이었다.

"씻고 내려갔더니 오빠랑 언니가 2층에 올라갔다고, 다시 인사하라고 해서."

소진이 준수를 보고는 그렇게 말한 다음 지유를 향해 꾸벅 인사했다.

"몸은 좀 괜찮으세요?"

지유는 의자에서 엉덩이를 떼며 미소를 지었다.

"네. 아까는 제가 결례를 범한 것 같아요. 갑자기 속이 안 좋아져서."
"아니에요. 아무래도 마냥 편한 자리는 아닐 테니까, 그러실

수 있죠."

지유는 소진과 인사를 나누는 그 찰나에 그녀의 얼굴을 유심히 들여다보았다. 분명 십여 년 전 그 애와 생김새는 비슷했지만, 외모에서 풍기는 분위기 자체가 달랐다. 소진은 나이에 비해 훨씬 어른스럽고 고상하며 우아하기까지 했다. 찌질하고 덜떨어진 그 애와는 확실히 다른 사람처럼 보였다.

"그럼 두 분 좋은 시간 보내세요."
"맞다, 소진아. 내가 아침에 부탁한 건 가져왔어?"

소진은 대답 대신에 손으로 오케이 사인을 그리며 고개를 끄덕였다.

"고마워, 잘 쓸게."
"부탁이라니?"

지유가 궁금해하며 물었다.

"이번에 친구들 만나면 펜션에서 하려고, 젠가 좀 가져다 달라고 부탁했었어. 소진이 남자친구가 엄청난 보드게임 마니아

거든."

 아, 하고 짧은 감탄사를 내뱉으며 지유는 생각했다. '그러고 보니 준수 씨가 다음 주에 친구들이랑 강릉으로 여행 간다고 했었지.'

"남자친구한테도 고맙다고 전해줘, 소진아."
"놀러 가서 여럿이서 하면 재밌겠네. 나도 어릴 때 많이 했었는데."
"지유 씨도 많이 했었어? 그러면 말 나온 김에 셋이 같이 젠가나 한 판 할까?"

 지유가 별생각 없이 한 말인지도 모르고 준수는 신이 나서 대꾸했다.

"어때, 지유 씨?"
"으응. 난 좋아."

 사실 지유는 내키지 않았다. 하지만 거절할 수도 없는 노릇이었다.

"소진이 너도 괜찮지?"

"나까지 껴서 한다고? 그러면 언니가 불편하시지. 오빠도 참 눈치가 없어."

"아, 아니에요. 같이 해요. 재밌겠다."

지유는 태연한 척하며 준수의 말을 거들었다.

"너무 오랜만이라서 잘할 수 있을지 모르겠네."

그쯤 되자 소진도 마지못해 순응할 수밖에 없었다. 세 사람은 함께 2층 거실로 나왔다. 2인용 소파 앞 테이블에 등받이 의자를 하나 더 가져다 놓고서, 소파에는 지유와 준수가 나란히 앉았고 소진이 등받이 의자에 앉았다.

"여기 다 모여 있었네."

때맞춰 준수의 어머니가 김이 모락모락 나는 머그잔을 쟁반에 받쳐 들고 올라왔다.

"마실 것 좀 가져왔는데. 모여서 뭘 하는 거야?"
"셋이 보드게임 좀 하려고. 엄마도 같이 할래요?"

준수가 쟁반을 넘겨받으며 말했다.

"아니야. 젊은 사람들끼리 재밌게 노셔."

머그잔에 담긴 것은 은은한 연녹색의 우롱차였다. 지유는 그 독특한 향 때문에 우롱차를 즐겨 마시던 터라 냄새만 맡아도 반가운 마음이 들었다. 준수와 소진은 한두 모금 마시다 말았지만, 지유는 뜨거운 차를 단숨에 비워버렸다.

"자, 그럼 시작해볼까? 지유 씨가 먼저 해."

지유가 먼저 탑 중간에서 직육면체로 된 나무 블록 하나를 빼내어 맨 위층에 쌓았다. 그다음은 소진의 차례였다. 그녀도 신중하게 블록을 골라 빼내었다. 이어서 준수의 차례가 돌아왔고, 그다음 또다시 지유가 손을 들어 게임을 진행했다. 그렇게 돌아가며 아래 블록을 빼내어 맨 위층에 쌓았다. 한창 게임에 열중하다 보니 재미가 솔솔 붙을 무렵, 소진이 물어왔다.

"만약에 우리가 이렇게 열심히 하고 있는데 갑자기 누군가 다가와서 이 탑을 와르르 무너뜨리면 기분이 어떨 거 같아요? 언니는?"

"네?"

뜬금없는 질문이었지만, 어딘가 모르게 의미심장했다. 이내 지유의 마음속에는 잔잔한 파문이 일었다.

"글쎄요."

지유는 어찌할 바를 몰라서 어색하게 웃어 보였다. 순간 손에 힘이 풀려 들고 있던 나무 블록을 놓칠 뻔했지만, 가까스로 힘을 주어 블록을 쌓았다.

"대뜸 그게 무슨 소리야."

그러자 옆에 있던 준수가 끼어들었다. 소진은 얼굴색 하나 변하지 않은 채 자신의 차례가 돌아오자 젠가에 집중하며 말했다.

"그냥 궁금했어. 그런 일을 겪으면 언니는 어떤 심정일지."
"뭐야, 정소진. 갑자기 생뚱맞게. 이 분위기 어쩔 거야?"

준수가 어색해진 분위기를 바꾸려고 노력했다.

"지유 씨가 이해해. 얘가 원래 좀 엉뚱한 구석이 있거든."
"아, 혹시 기분 나쁘셨다면 죄송해요. 게임에 집중하다 보니 저도 모르게 갑자기 그런 궁금증이 생겨서."

괜찮아요, 하고 지유는 대수롭지 않게 웃어넘겼다. 사실 마음속으로는 의문스러운 부분이 한두 군데가 아니었지만. 왜 하필이면 내게 그런 질문을 했을까? 단지 궁금증이 생겨서 그랬다고 하기에는 뭔가 미심쩍고 께름칙했다. 그 순간, 소진의 모습에서 오래전 잊고 지내던 얼굴이 겹쳐 보여서 지유는 온몸에 한기를 느꼈다. 저녁에 먹은 음식들이 올라와 속이 뒤집힐 것만 같았다.

"미안한데, 잠깐 화장실 좀 다녀올게요."

지유는 다급하게 자리를 뜨면서 일부러 소진이 앉은 쪽으로는 눈길조차 주지 않았다.

2층 화장실은 준수와 그의 여동생이 주로 쓰는 곳이라 그런지 인테리어에서 젊은 감각이 물씬 느껴졌다. 1층 화장실에 비해 작고 아담했지만, 효율적인 공간 배치로 인해 답답함은 조금도 느껴지지 않았다. 특히 선반 위에 놓인 디퓨저의 부드러운 우디 향이 지유에게 안정감을 심어주었다.

지유는 세면대에서 맹물로 입을 헹군 후 화장실을 나왔다. 그런데 문득, 화장실 옆에 있는 방으로 눈길이 갔다. 그곳은 소진의 방이 틀림없었다. 2층 거실에서는 벽에 가려 보이지 않는 위치였다. 지유는 뭔가에 홀린 사람처럼 그 앞에 다가가 슬쩍 방문을 열어보았다. 소진이 깜빡 잊고 끄지 않았는지 방 불이 켜져 있었다. 크기는 준수의 방과 비슷했지만, 분위기는 사뭇 달랐다. 주인이 누구인지 모르는 사람이 와서 봐도 2, 30대 여자의 방으로 알 수 있을 만큼 침구류이며 가구며 아기자기하고 트렌디했다. 방 안 이곳저곳을 휘둘러보던 지유의 시선이 책상 위 책꽂이 앞에서 멈췄다. 그곳엔 책들이 **빽빽**하게 꽂혀있었는데, '고졸 검정고시'라고 적힌 교재가 눈에 확 들어온 것이다.

'……고등학교를 자퇴했나?'

미처 생각할 겨를도 없이 이번에는 책꽂이 앞에 놓인 작은 액자들로 시선이 향했다. 그 액자 중에서 가장 작아 보이는 타원형 액자 안에는 30대 중반쯤 되어 보이는 남자와 앳된 여학생이 서 있었다. 아마도 대학교 졸업식 때 찍은 사진인 듯했다. 그것은 누군가에게는 평범한 졸업식 사진일 테지만, 지유에게는 결코 평범하지 않은 사진이었다. 사진 속 남자는 지유의 고등학교 담임이었고, 그와 팔짱을 끼고 학사모를 쓴 여학생은 소진, 아니 그 애가 분명했다.

 순식간에 불어 닥친 거센 폭풍우 앞에서 지유의 눈동자가 크게 흔들렸다. 지유가 품었던 의심이 확신으로 바뀌는 순간이었다. 이내 지유는 머릿속에 오래전에 처박아 두었던 기억을 끄집어내어 빠르게 되감기를 했다.

 십여 년 전, 그날 지유와 주희의 괴롭힘을 견디지 못한 그 애는 결국 혼절하고 말았다. 지유의 예상과 다르게 그 애는 바로 깨어나지 못했고 새파랗게 질린 모습으로 병원에 실려 갔다. 그로 인해 한동안 학교가 떠들썩했지만 학교에서는 적절한 조처를 하지 않았다. 학폭위조차 열리지 않았으며 지유와 주희는 아무런 처벌도 받지 않고 넘어갔다.

 그들이 다니던 고등학교는 사립 학교였는데, 그곳의 이사장이 바로 주희의 작은 할아버지였다. 이사장의 압력을 받은 학교에서는 빠르게 상황을 수습하기 위해 노력했고, 선생들은 사건이 더 이상 커지지 않게 학생들 입막음에 급급했다. 지금

와 돌이켜보면 그 당시가 SNS가 활발하지 않던 시절이었다는 게 그들로서는 천만다행인 일이었다. 이후 담임을 통해 그 애가 전학 간 학교 옥상에서 떨어져 스스로 생을 마감했다는 이야기를 전해 들었다. 여기까지가 지유가 떠올릴 수 있는 기억들이었다.

 문득, 그 당시 담임의 무기력한 눈빛이 생각났다. 지유는 그가 의욕이 넘치는 젊은 교사였던 걸로 기억한다. 그 사건이 있기 전까지는. 그때 밖에서 소리가 들려왔다. 소진의 목소리였다. 웅얼거리던 소리는 점점 가까워지더니 이내 닫힌 문이 열렸다. 소진이 콧노래를 흥얼거리며 방 안으로 걸어 들어왔다. 모든 것이 순식간에 벌어진 일이었다.

 지유는 피가 말랐다. 그나마 다행인 점은 아직 소진이 지유의 존재를 눈치 채지 못한 것이었다. 지유가 소진의 목소리가 들리자마자 다급하게 옷장 안으로 숨어들어 갔기 때문이다. 그녀는 빛 한 줌 새어 들어오지 않는 어둠 속에서 숨소리가 새어 나가지 않도록 두 손으로 입을 꾹 틀어막고 있었다. 그러다 잠시 정적이 흘렀다. 지유는 마치 소진의 동태를 살피듯, 아무것도 보이지 않는 암흑 속에서 두 눈동자를 굴렸다.

"시리야."

그때, 혼자인 줄로만 알았던 소진이 나긋한 어조로 누군가를 불렀다.

"내일 날씨 알려줘."

지유는 헉하고 숨을 삼키며 주머니를 더듬었다.

"내일 00시 지역 날씨는……."

아뿔싸! 소진의 물음에 반응한 것은 그녀의 핸드폰이 아닌 지유의 핸드폰이었다. 지유가 혹시나 하고 잽싸게 핸드폰을 향해 손을 뻗었지만, 한발 늦고 말았다. 지유는 절망하며 눈을 감았다.

"거기서 뭐 하세요?"

소리를 듣고 옷장 문을 열어젖힌 소진이 어리둥절한 표정으로 물어왔다.

"왜 제 옷장 안에 계신 거예요?"

무안해진 지유는 자물쇠를 채운 것처럼 입을 굳게 다물었다. 머리가 하얘져서 궁색한 변명조차 댈 수가 없었다. 시간이 조금 지난 뒤에야 지유가 조심스럽게 눈을 떴다. 자신을 바라보는 소진의 눈빛에선 진한 불쾌감이 어려있었다. 지유는 떨리는 목소리로 말했다.

"미안해요. 그냥 좀 궁금해서……."
"옷장 안에 뭐가 있을지 그게 그렇게나 궁금하셨어요? 궁금하셨으면 얘기를 하시지 그랬어요. 허락도 없이 이렇게 무턱대고 들어오시면 곤란하죠."
"무례하게 굴어서 미안해요. 사과할게요. 별 뜻은 없었……."

지유는 말을 하다 말고 갑자기 두 눈이 튀어나올 정도로 힘을 주며 눈을 크게 떴다.

"어라, 갑자기 왜, 왜 이러지."

급격하게 눈꺼풀이 무거워졌다. 말도 어눌해지기 시작하더니 서서히 눈이 감겼다. 지유는 머리부터 발끝까지 온몸이 땅 밑으로 꺼지는 기분을 느꼈다. 점차 희미해지는 의식 속에서 나지막한 목소리가 귓가에 들려왔다.

"우롱차 한 잔 더 할래요? 아, 아니다. 더 마시지 마요. 그러다 진짜 죽으니까. 큭큭."

귀에 익은 대사와 소름 끼치는 마지막 웃음. 지유는 십여 년 전 자신이 파 놓은 덫에 걸려 꼼짝없이 가라앉고 있었다.

** ** **

정신을 차려보니 눈앞에 바다가 있었다. 아니, 바닷속을 부유하고 있었다는 게 옳은 표현일 것이다. 한눈에 봐도 꽤 깊은 바다라는 걸 알 수 있었는데, 영화나 다큐멘터리에서 나오던 거대한 물고기 떼나 산호초는 보이지 않는 공허하고 창백한 바닷속에서 정처 없이 떠다니고 있던 것이다.

고요한 침잠의 세계에 빠진 지유는 숨을 쉬는 데 아무런 지장이 없었음에도 금방이라도 질식할 것만 같았다. 두렵고 답답한 마음에 그 속에서 빠져나오려고 발버둥을 쳐봤지만 소용

없었다. 바다는 끝도 없이 이어지는 암흑 속 우주처럼 출구가 존재하지 않았다. 자신의 의지와는 상관없는, 철저히 고립된 무의식의 길로 들어서자 지독히도 시리고 절망적인 바다가 그녀를 뒤덮어 버린 것이다.

** ** **

시간이 얼마나 흐른 걸까. 깨어나 보니 지유 자신은 침대에 누워있고 연인인 준수가 의자에 앉아 기도하듯 양손을 모은 채 걱정스러운 얼굴로 지켜보고 있었다.

"이제 정신이 들어? 걱정했어. 갑자기 잠들었다길래."

준수의 말에 지유는 선뜻 입을 열지 못하고 대답할 말을 골랐다.

"그 방엔 대체 왜 간 거야?"

준수는 그녀에게 숨 쉴 틈도 주지 않고 질문을 던졌다.

"대체 무슨 용건이 있었길래."

"⋯⋯왜 가긴. 그냥 들어가 봤어. 별 뜻 없이 한 일이야. 화장실 옆에 방이 있어서 궁금했던 것뿐이라고."

지유가 퉁명스럽게 말을 뱉었다. 조금 전에 있었던 소진과의 일이 생각나서 신경이 날카로워진 것이다.

"그리고 이건 다 뭐야? 이거 빼줘. 나 여기서 나갈래. 여기는 준수 씨 방도 아니잖아."
"알겠으니까 일단 진정해."

낯선 방 안에 갇힌 지유는 정신을 차리기 전 꿈에서 보았던 하얀 바다가 생각나 가슴이 조여왔다. 지유의 한쪽 팔에는 정체를 알 수 없는 링거도 꽂혀 있었는데, 그녀가 팔뚝에서 링거 주사기를 빼내려 하자 준수가 서둘러 제지했다.

"가만히 누워있으라고!"

지유가 순순히 말을 듣지 않자, 준수가 그녀를 사납게 노려보았다. 처음 보는 차가운 눈빛에 당황한 지유는 말문이 막혔다. 사실은 더 이상 반항할 기운도 없었다. 확실하지는 않지만 약 기운 때문인지 지유는 여전히 정신이 몽롱했다.

"그나저나 옷장에는 왜 숨어있었어? 뭐가 그렇게 찔려서."

늘 상냥하던 준수의 말투에 가시가 돋쳐 있었다.

"방에 들어갔다가 갑자기 소진 씨가 들어오길래 당황해서 그런 것뿐이야."

지유가 울먹거렸다.

"준수 씨, 나한테 자꾸 왜 그래. 꼭 취조하듯이 말이야."

지유는 극심한 두통이 밀려와 머리를 붙잡았다. 그런 그녀를 보며 준수는 헛웃음을 지었다.

"하아. 식상한 연기는 이제 그만 좀 할 수 없어?"
"뭐, 뭐라고?"

언제나 자신을 사랑스러운 눈빛으로 바라봐 주던 준수가 사람이 아닌 것을 보듯 싸늘하게 식은 눈으로 보자, 지유는 충격에 빠졌다.

"준수 씨. 내가 정신을 잃고 있는 동안 정말로 날 걱정하긴 한 거야?"

"당연히 걱정했지. 너무 깊게 잠들면 안 되는데, 그럼 아무것도 못 물어보니까. 적당히 처자고 일어나야 얼른 궁금한 걸 물어볼 텐데."

"그게 무슨 말투야. 처자다니!"

"됐고. 뭐 하나만 물어볼게."

준수는 모은 손에 힘을 실으며 말했다.

"그 애한테 대체 왜 그랬어?"

"뭐, 뭐를. 도대체 무슨 소리를 하는 거야."

기어이 지유가 눈물을 보였다. 준수는 버럭 고함을 질렀다.

"발뺌하지 마! 아니다, 그래. 애초에 기대도 안 했어. 그렇게 계속 모르는 척 연기할 거란 걸 이미 알고 있었다고. 그럼 하나만 더 물을게. 소진이, 아니 그 애의 그 당시 이름 기억해? 십 년 전 당신이 무참히 짓밟은 그 아이 말이야."

온몸에 피가 빠져나간 사람처럼 지유는 그대로 굳어버렸다.

준수가 모든 걸 알고 있었다는 게 확실해지는 순간이었다.

"빨리 말해. 그 애 이름이 뭐냐고."
"그 애는……."

그 와중에 지유는 도무지 그 애의 이름이 기억나질 않았다. 그녀는 체념한 목소리로 말했다.

"몰라. 모르겠어. 정말로 기억 안 나."
"당신은 당신 때문에 매일을 지옥에서 산 사람한테 참으로 무서울 만큼 무심하구나. 하긴 상대방을 조금이라도 생각했다면 당신이 이렇게 아무렇지도 않게 잘살고 있지는 않았겠지."

허탈하게 한숨을 내쉰 준수가 몸을 일으켰다.

"다음 주에 친구들이랑 강릉으로 놀러 간다는 건 거짓말이었어. 실은 가족 여행이거든. 동생은 오래전 그날 이후 꿈에서 자꾸만 악몽을 꿨어. 하얀 바다에 빠져 허우적대는 꿈이었대. 그래서 한동안 바다를 볼 엄두조차 못 냈지. 멋진 파도가 일렁이는 푸른 바다가 그 애한테는 모든 걸 집어삼키는 끔찍한 바다가 된 거야. 그런데 이제는 용기를 내서 내디뎌 보려고 해.

그게 비록 지난날 끔찍했던 기억 속 하얀 바다일지라도."

"준수 씨 내가 다 설명할게. 내 말 좀 들어줘. 응?"

지유의 다급한 외침에도 대꾸하지 않고 준수는 링거 유량 조절기 쪽으로 손을 뻗었다. 그러고는 그녀를 외면한 채로 말했다.

"마지막으로 뭐 하나 알려줄까? 소진이는 십 년 전이랑 변함없이 똑같은 이름이야. 그때도 그 애는 소진이었다고. 혹시라도 이름을 기억했다면 당신이 여기 누워있을 일도 없었겠지. 당신이 얼마나 잔인하고 무심했는지 확실해졌어."

준수의 말을 듣고 지유는 가슴이 철렁했다. 망치로 머리를 세게 얻어맞은 기분이었다. 왜 기억이 나지 않았을까. 그때 그 애 이름이 소진이었다는 걸. 왜 나는 까맣게 잊고 있었던 걸까.

"아무튼 이번엔 당신도 꼭 봤으면 좋겠다. 그 바다를."

준수의 말이 떨어지기가 무섭게 지유는 다시 한번 속수무책으로 잠에 빠져들었다. 그리고 왠지 이번에는 꽤 깊은 잠에 빠져들 것 같다고 지유는 직감했다.

 어때? 바다가 보이니? 너의 바다는 무슨 색이야?
 나도 마침내 바다를 만났어. 기분이 어떠냐고? 글쎄. 잘 모르겠네.
 사람들로 북적이는 푸른 바다 앞에 서서, 나는 여전히 홀로 싸우며 하얀 바다를 마주하고 있는데. 너는, 너의 바다는 어떠니?

하얀 바다에게 소원을

소낙비

제가 가장 좋아하는 장르인 sf로 첫 출간을 하게 되어 영광입니다. 아직 능력적인 부분이 딸려 많이 부족한 글이겠지만 부디 너그러운 마음으로 읽어주시고, 아낌없는 피드백 부탁드립니다.
다음에 또 출간의 기회가 찾아온다면 그때는 더 나아진 모습으로 사람들의 눈길을 사로잡겠습니다.
감사합니다.

가정폭력과 학교폭력으로 괴로운 삶을 살던 온조는 정신과 치료를 받게 된다. 병원에서 만난 선생님 덕분에 점차 행복을 찾아가던 어느 날, 전 세계의 모든 바다가 하얗게 변한다.

드디어 벗어난 줄 알았다. 아버지의 지독한 학대와 또래들에게 당한 끔찍한 폭력. 그리고 평생 안고 가야 할 끔찍한 장애까지. 나를 둘러싼 세상은 철저히 내게 무관심했고, 나는 구석에서 지독하게 썩어갔다. 그런 삶이 이젠 끝났다고 생각했다. 나를 가장 고통스럽고 괴롭게 짓누른 인간, 아버지가 목을 매달고 죽었으니까. 분명 죽고 싶던 건 나였는데, 죽지 못해 살던 건 항상 나였는데. 아버지에게 죽음마저 빼앗겼다는 사실에 허탈하던 것도 잠시. 나는, 온몸을 감싸는 해방감을 느꼈다.

그 후론 정신과 치료를 받으러 다녔다. 선생님은 그 정신병원에서 만났다. 나이가 많아 보육원에도 들어가기 애매한 나를 거둬준 사람. 내가 봐왔던 인간 중 가장 좋은 사람. 안정희 선생님. 정신과 치료에 대한 나의 편견을 깨주었으며 내게 무관심하지 않은 사람이 있을 수 있다는 걸 알려준 사람이었다. 나는 선생님이 존경스러웠고 고마웠으며 정말 좋아했다. 선생님은 내게 같이 살자고 말했고, 나는 우는 것도 웃는 것도 아닌 이상한 얼굴로 좋다고 끄덕였다.

지독한 인생을 졸업하고 행복만이 깔려 있을 거라 생각한 나를 비웃듯 세상은 하루아침에 망해버렸다.

'어젯밤, 전 세계 모든 바다가 전부 하얗게 바래버렸다는 소식입니다.'

뉴스에서는 계속 같은 얘기뿐이었다. 바다가 하얗게 변했다. 그 범위는 전 세계이며 원인은 아직 밝혀지지 않았다. 텔레비전 화면에 들어온 것은 우윳빛으로 반짝이는 바다였다. 무언가를 뿌린 것도 아니었으며 심은 것도 아니었다. 그저 하룻밤 새 변해버린 것이다. 지구를 감싸던 해양 전체가.

** ** **

학자들과 연구원들이 바닷가를 점령한 지 한나절이 지났지만, 아직 밝혀진 건 없었다. 사람들은 상황을 알기 위해 직접 바다로 향하거나 인터넷을 뒤지거나 뉴스를 들여다보기 바빴다. 안정희도 그중 하나였다. 멀쩡하던 바다가 갑자기 저리 변한 것에는 이유가 있을 거였다. 정희는 온조를 옆에 끼고 텔레비전에서 눈을 떼지 않았다. 뭔가 불안했다. 꼭 잘못을 저지른 사람처럼.

'어?'

같은 말을 반복하던 뉴스 기사가 어딘가를 응시하며 눈을 크게 떴다. 다급히 카메라에 잡힌 그것은 사람을 한 손에 쥐고 흔들다가 입으로 보이는 구멍에 넣고 으적으적 씹어 삼켰다. 하얀 바닷물이 넘실대는 해안가를 길 삼아 꾸역꾸역 기어 나오는 그것들은 눈에 보이는 인간들을 무차별적으로 입에 넣기 시작했다. 연구원 하나, 학자 하나, 또 연구원 하나, 학자 하나……. 피가 튀고 뼈가 으스러지는 그 끔찍한 광경이 전파를 타고 생중계되었다.

가만히 텔레비전을 보던 온조와 정희는 입만 멍하니 벌린 채 아무 말도 하지 못했다. 너무 갑작스러웠고 이해가 안 됐으며 정리되지 않은 의문들이 짧은 시간 안에 끝없이 쏟아져 내렸다. 곧이어 카메라맨과 기자도 변을 당했는지 정신없이 흔들리던 화면이 검게 물들었다. 온조가 작은 수첩에 무어라 끄적인 걸 내밀었다.

'여긴 괜찮을까요?'

정희는 안정을 찾은 지 얼마 안 된 아이에게 또다시 불안감을 주고 싶지 않았다. 그 때문에 아직 알 수 없는 미래를 속였다.

'그럼, 여긴 바다랑 그리 가깝지도 않잖아.'

온조의 어깨를 다정하게 토닥이는 정희의 손이 조금씩 떨려왔다. 감각이 예민한 온조가 그걸 모를 리가 없었다. 하지만 모른 척했다. 온조는 현실을 속였다.

아까 같은 장면이 다시 나타날까 두려워 정희는 텔레비전을 껐다. 대신 인터넷을 뒤져보았다. 얼마나 들쑤셨을까. 예고도 없이 나타나 정희와 온조의 심장을 휘어잡았던 그것들은 안타깝게도 모두 실제상황이었다.

두 사람은 짐짓 심각해졌다. 이곳이 아무리 바다 근처가 아니라지만 언제 그것들이 여기까지 올지 몰랐다. 게다가 대한민국은 삼면이 바다로 둘러싸여 있다. 방금 영상으로 봤다시피 그것들은 바다에서부터 튀어나왔다. 우리는 도망칠 곳이 없었다.

** ** **

해가 뉘엿뉘엿 떨어지는 저녁, 온조와 정희 네엔 비상이 걸렸다. 그것들의 이동 속도가 생각보다 빨라 바닷가가 아닌 내륙 지역까지 출몰하기 시작했다고 한다. 그것들을 목격한 이들의 말로는, 그것들은 영양분. 즉 인간을 더 많이 먹으면 먹을수록 빠르고 견고해진다고 한다. 견고하다는 말은 왜 들어가는 거지? 의문을 갖자마자 건물 외벽을 타고 오르는 그것의 영상을 찾아버렸다. 떨어지고 떨어져도 계속해서 올라올 수 있었다. 두렵고 역하고 괴이했다.

온조와 정희가 머무는 이 집은 아파트 6층. 안전하다고 하긴 애매했다. 그것들이 옆 동네까지 출몰하기 시작했다는 소식이 들리자 정희와 온조는 마음이 급해졌다. 비상식량과 약, 손전등과 각종 구호 물품을 정리하고 서둘러 나갈 채비를 했다. 그것들이 자신의 의지로 이동할 수 있다는 소식을 듣자마자 긴급 재난 문자가 울렸다. 각 시에서 대피소를 구축했으니 피난 오라는 내용이었다. 온조와 정희는 그 문자를 받자마자 필요한 물건들을 챙겼다. 그 덕에 다른 사람들보다 빠르고 수월하게 나갈 수 있었다.

거리는 한산했다. 아니, 고요했다가 맞았다. 사람이 없어 지나치게 조용한 거리를 소리 없이 가로질렀다. 호신용 스프레

이와 날붙이가 있었지만, 이걸로 그것을 쫓아낼 수 있을지는 미지수였기에 둘은 최대한 그것과 마주치지 않기를 빌었다.

"헙"

온조가 숨을 들이마셨다. 온조의 어깨너머로 거대하고 불길한 그림자가 드리워졌기 때문이다. 정희가 온조의 소리를 듣고 뒤를 돌아보았다. 온조의 뒤에 끈적끈적하게 생긴 흰색의 그것이 입을 벌린 채 기어 오고 있었다. 정희는 온조의 손을 덥석 잡고 다급하게 달렸다. 길이 어딘지 제대로 보지도 않고 무작정 달렸다. 그 속도에 맞춰 그것도 빠른 속도로 기어 왔다. 기어 다닌 탓인지 바닥 면과 맞닿은 그것의 살가죽이 찢겨 너덜너덜한 비닐 찌꺼기가 나왔다.

목에서 피 맛이 올라올 때까지 달리던 그들은 드디어 모퉁이를 돌았다. 고개만 빠끔히 내밀고 주위를 살펴보니 아까의 그것은 어딘가로 사라지고 없었다. 온조는 제 발끝을 보며 한숨을 쉬다가 제 발치에 떨어지는 핏방울을 보고 다시 숨을 삼킬 수밖에 없었다.

두려움에 떨리는 고개를 겨우 돌려 봤을 땐 이미 정희가 어디서 나타난 그것에게 머리가 사정없이 씹히는 중이었다. 사실을 인지하자 피 냄새가 훅 끼쳐왔다. 소리가 들렸다면 분명 와그작와그작하는 소리가 났겠지. 다리를 벌벌 떨던 온조는 곧이어 불에 덴 듯 팔다리를 휘적이며 도망치기 시작했다.

 온조는 불행한 사람이었다. 어머니는 온조가 어릴 적에 집을 나갔고, 하나 남은 아버지는 밖에서 쌓인 스트레스를 온조에게 풀었다. 그렇게 폭언과 발길질이 날아올 때마다 차라리 죽이라는 생각이 간절했지만 야비하게도 절대 죽일 만큼 손대지는 않았다. 머리가 조금 커서는 신고도 해봤다. 그러나 모두 묵살 당했다. 삶은 동화책과 달랐다. 아무리 상처를 보여주고 울부짖어도, '훈육'이라는 말로 포장할 뿐이었다. 한 4번쯤 신고한 후엔 스스로 포기하게 되었다. 뉴스에서 나오는 사례는 다 희망적인 성공사례였구나. 아버지의 손에 이끌려 가며 온조는 울분을 삼켰었다.

 그런 아버지가 자살했다. 천장에 목을 매달고 죽은, 자살이라고 하면 떠오르는 아주 이상적인 모습으로 죽어버렸다. 물론 온조의 눈앞에서. 죽을 때까지 역한 사람이었다.

 표면상의 보호자가 완전히 사라진 온조는 갈 곳이 없어졌다. 온조는 17살이었다. 보육원에 들어가도 1년이 채 안 되어 다시 나가야 했다. 그냥 지금 아르바이트를 구해서 일찍 돈을 벌까 생각했지만, 청각 장애를 가진 미성년자 여학생을 써줄 곳은 마땅치 않았다. 그런 마음을 아버지의 시신을 수습하러 온 구급대원들한테 내보이자 그들은 온조에게 정신과를 추천해 줬다. 일단 마음을 치료한 후 성인이 될 때까지 의탁할 곳을 찾아보는 게 어떻겠냐며. 온조는 잠시 머뭇거렸다. 걱정이 가득 묻은 타인의 관심을 받는 게 익숙지 않아서, 그리고 정신과라는 말에 거부감이 들었기 때문이었다.

하지만 친척도 없고 아는 어른도 없는 그녀는 하는 수 없이 정신병원으로 향했다. 그리고 그 선택은 온조의 인생 최고의 선택이 되었다. 그곳은 온조의 정신병원에 대한 편견을 없애주는 장소가 되었으며 안정감을 주는 쉼터가 되어주었다. 그래, 그랬는데. 이젠 정말 고생 끝 행복 시작인 줄 알았는데.

"나 때문이야. 나 나나 나 나 때문에 선생님이 선 선생님, 살려주세요."

온조가 자신의 손으로 두 귀를 벅벅 긁으며 중얼거렸다. 구석에 박혀 굵은 눈물을 뚝뚝 떨구는 그녀의 모습은 기괴했다.

그녀의 텅 빈 눈 속에서는 아까의 그 장면이 반복 재생되고 있었다. 온조는 기껏 손에 넣은 희망을 놓쳤다.

 '왜 도망쳤지? 가만히 있었으면 선생님처럼 갈 수 있었잖아. 선생님이 없으면 난 살 수 없는데 어쩌자고 도망친 거지? 이게 맞나? 꼴에 살고 싶다고 도망친 거야? 먹히고 있는 선생님을 버리고? 안 돼, 나는 선생님이 없으면 안 돼. 따라가야 해.'

 손가락으로 겨우 막은 댐이 무너지듯 그녀의 속 안에서 무서운 충동이 울컥 올라오기 시작했다. 머릿속에 목을 매달고 죽은 아버지의 얼굴이 지나갔다. 목에 감은 바지 벨트가 눈에 선했다. 온조는 죽음을 결심했다. 짧은 결정 전에 긴 고통이 있었다.

 선생님이 그랬던 것처럼 그것에게 먹혀 죽고 싶었지만, 그것마저 잘되지 않았다. 아깐 나오지 말라고 그렇게 기도해도 나왔으면서, 나와줬으면 좋겠다고 생각하니 어째 코빼기도 보이지 않았다. 그녀는 하는 수 없이 계획을 변경했다.

 온조는 어느 허름한 아파트로 발걸음을 옮겼다. 정문은 부수어져 있었다. 고장 나기 일보 직전인 엘리베이터를 타고 옥상까지 단숨에 올라갔다. 옥상은 오래된 아파트 특유의 녹슨 자물쇠로 잠겨있었다. 온조가 품을 뒤적여 날붙이를 꺼냈다. 정희가 잡히기 전에 재빨리 이걸 꺼냈으면 어떻게 됐을까. 시퍼런 날을 바라보며 온조가 머리를 굴렸지만, 하늘이라는 곳에 올라가서 용서를 빌면 된다고 생각했기에 이내 고개를 저었다.

자물쇠를 몇 번 찌르고 때리니 금세 떨어져 나갔다. 옥상 펜스에 기대어 본 하늘은 무척 아름다웠고, 저 멀리 희미하게 보이는 하얀 바다는 역겨웠다. 그래, 바다에서 가깝다곤 할 수 없지만 그렇다고 멀다고도 할 수 없는 곳에서 정희와 온조는 살고 있었다. 솔직히 이 정도면 가까운 거 아닌가. 작지만 바다가 육안으로 보일 정도인데. 온조는 선생님이 거짓말을 한 건가, 생각하다가 조용히 한숨을 쉬었다. 의문을 가져봤자 대답해 줄 사람은 없었다.

힘없는 손가락을 억지로 움직여 펜스에 매달렸다. 불어오는 바람에서 피비린내가 나는 것 같아 구역질이 올라왔지만 참았다. 조금 있으면 이 감각도 다시는 느끼지 않을 수 있었다. 자신을 위안했다. 펜스 위에 아슬하게 매달린 모습은 볼만했다.

온조는 두 다리를 흔들며 허리를 뒤로 젖혔다.

'진작 이럴걸.'

이렇게 간단히 마음먹을 수 있는 거였으면 내가 아빠 먼저 해버렸을 텐데. 라고 생각하며 목구멍부터 올라오는 설움을 삼켰다. 길었던 다짐을 오늘에서야 마무리 짓는다는 생각에 여러 복잡한 감정들이 그녀의 목울대를 간질였다. 온조는 자신의 감정이 입 밖으로 튀어나오기 전에 얼른 끝내고 싶었다. 이제 몸을 조금 더 뒤로 젖히면 된다. 끝난다, 모든 게.

'잘 있어라, 개새끼들아.'
눈을 질끈 감고 뒤로 허리를 젖히며 손에 힘을 푸는 순간.

'아직 아니야.'
생전 들어본 적 없던 목소리가 들렸다. 그리고 중력을 받아 낙하하려던 몸이 멈칫하며 제자리에 정지했다. 분명 손을 놓았음에도 떨어지지 않는 것에 놀라고, 목소리가 '들린다'는 것에 또 한 번 놀랐다. 온조는 분명 소리를 들을 수 없었다. 그런데 들렸다. 선명하고 또렷하게.

'부탁이 있는데, 들어줄 수 있어?'

그 소리를 듣고 슬며시 눈을 뜨자 그녀의 눈앞에는 그것, 아니 그렇다기엔 너무 사람의 형상과 비슷한, 무언가가 온조를 받아 든 채 중력을 거슬러 허공에 떠 있었다.

** ** **

그것이 바다에서 튀어나오기 시작하자 정부는 우왕좌왕하다 뒤늦게 해안가에 병력을 배치했다. 대응이 늦었던 탓일까, 이미 그것들은 나라 깊숙한 내륙 지역으로 향하고 있었다. 배치된 병력도 큰 도움이 되진 못했다. 그것의 몸에 닿은 쇠붙이들은 모조리 녹아버렸다. 불도 잘 붙지 않았다. 그나마 쓸 만한 게 수류탄이었다. 폭발을 일으키니 조금 주춤하며 다시 바다로 들어갔다. 살아남은 과학자들을 최우선으로 지키며 그들은 수류탄을 주로 하여 그것들이 더 전진하지 못하게 방해만 할 뿐이었다. 과학자들은 그것들의 체액을 얻으면 어떤 생물체인지 알 수 있다며 핏대를 세우고 소리쳤다. 말의 요지는, 그것들의 체액을 구해달라는 거였다. 물론 자신의 목숨을 담보로 그 짓을 하고 싶어 하는 사람은 없었다.

"- 윽,"

 학자들과 연구원들이 모여 한창 회의 중이었다. 순간 그 자리에 있던 모든 사람이 안면 근육을 우그리며 귀를 틀어막았다. 하지만 소용없었다. 그것은 그들의 뇌에 직접 말을 걸고 있었다.

 '당신들이 지구의 지배자들이로군요.'

 여러 명의 머릿속에서 하나의 목소리가 울렸다. 그들은 서로 듣고 있냐며 놀란 눈으로 흥분한 기색을 엿보였다. 그 목소리는 말했다.

 '저는 얼굴을 보며 얘기하는 것을 좋아한답니다. 잠시 귀를 열고, 골방에서 나와주시겠어요?'

 정중한 부탁이었지만 어쩐지 소름이 끼쳤다. 그들은 누가 먼저랄 것도 없이 앞다투어 천막으로 이루어진 간의 대피소를 뛰쳐나갔다. 그렇게 나온 그들이 본 것은. 그것이었다. 사람의 형상과 가장 가깝게 만들어진 그것. 푸른 하늘을 가로질러 이질적으로 떠 있는 그것이 자신을 겨냥하고 있는 군인들과 불안과 설렘으로 얼룩진 눈으로 자신을 바라보는 학자들에게 전했다.

'제가 말하는 한 가지 요구사항만 들어주신다면 조용히 떠나겠어요.'

그것은 자신을 올려다보는 사람들을 찬찬히 살펴보았다. 덴탈 마스크의 접힌 주름을 연상시키는 그것의 입 부분이 조금 씰룩이다 말았다. 그것은 요구사항을 전하지 않은 채 다시 바닷속으로 몸을 내던졌다. 자리에 있던 사람들은 머릿속을 헤집던 전파가 사라지자 각자 머리를 부여잡으며 한숨을 뱉었다. 군인들이 이질적인 그것이 사라진 표면 부근에 총격과 수류탄을 겨냥했지만, 그것이 다시 나와 '요구사항'을 말하는 일 따위는 없었다.

** ** **

"부탁이 뭐, 어떻게 말하고 있는, 애초에 왜 나한테 들리,"

온조가 입을 뻐끔거리며 어눌한 말투로 중얼거렸다. 그것은 가벼운 고체가 마찰할 때 나는 바스락, 소리를 내며 고개를 갸

웃했다. 물론 온조가 그 소리를 들을 수는 없었지만.

'-'

그것은 아랑곳하지 않으며 온조의 머릿속에 속삭였다. 온조는 말이 없었다. 그녀의 눈동자만이 빠르게 굴러갈 뿐이었다. 곧이어,

"좋아"
라고 웅얼거렸다.

** ** **

온조는 그것의 도움을 받으며 다시 지상으로 내려왔다. 그녀는 자신을 '안드로메다의 지배자'라고 칭하는 그것에게 '안지'라는 이름을 붙여주었다.

온조가 발걸음을 돌린 쪽은 대피소 방향이었다. 온조가 길을 잡고 걷기 시작하자 안지가 꾸루룩, 소리를 내며 자신의 크기를 줄였다. 그 상태로 온조의 상의 주머니 안으로 들어갔다. 온조는 말이 없었다. 초점 없는 눈이 섬뜩했다.

✻ ✻✻ ✻✻

"문 좀, 열어 주세요."

그것들을 한 번도 만나지 않고 대피소에 무사히 도착했다. 온조는 허무함을 느꼈지만, 조금 있으면 그런 허무함도 없어질 거라 마음을 다잡고 다시 문을 두드리며 어눌하게 말했다. 그러자 작은 창문에서 사람의 눈이 튀어나왔다. 그 눈은 온조를 훑어보다가 고개를 돌려 무어라 말을 했다. 다른 이와 대화를 한 것 같았다.

곧이어 문이 스르르 열렸다. 안에 있던 대학생이 빨리 들어오라 손짓했다. 대피소 안은 사람들로 북적였다. 천장을 올려다보니 꼭 학교 체육관에 들어온 느낌이었다. 그렇게 생각하니 속이 울렁거렸다. 내가 체육 창고에 갇혀 있는 걸 알았음에도 선생은 날 찾으러 오지 않았지. 온조는 입을 한 손으로 살포시 막은 채 사람이 적은 빈구석 자리로 가 앉았다. 주머니를 확인하니 안지가 맨들한 얼굴을 내밀고 있었다. 온조가 손가락으로 안지의 표면을 쓸었다. 미끌미끌하고 끈적한 게 꼭 기름을 만지는 것 같았다.

'어쩌게?'

안지가 온조의 머릿속에 또다시 말을 걸었다.

"ㅇ-"

'말로 하지 않아도 돼. 네가 생각하는 걸 나는 들을 수 있어.'

온조가 조용히 머릿속으로 생각을 흘려보냈다.

'좋네. 그렇게 하자.'

안지가 덧붙여 고맙다고 말했다. 온조는 구태여 대답하지 않았다.

눈짓으로 무언가를 찾는 온조를 대학생이 유심히 지켜봤다. 무언가 저지를 듯이 위태로워 보이는 게 꼭 중학생 시절의 자신을 보는 것 같았다.

"저 친구는 뭘 찾는 걸까요?"

대학생이 김 씨에게 물었다. 김 씨는 고개만 갸웃거릴 뿐 관심 없다는 듯이 지나갔다. 아마 누구든 김 씨 같은 반응이었을 것이다. 하지만 오지랖 넓은 이 청년은 온조를 그냥 지나치지 못했다. 그가 천천히 온조에게로 다가갔다.

"안녕? 뭐 찾니?"

조심스레 다가가 다정한 말투로 물었음에도 온조는 다른 데 정신이 팔려있었다. 그는 온조의 발치를 탁탁 가볍게 두드렸다. 그래도 온조는 그를 알지 못했다. 그는 온조가 자신을 알아챌 때까지 조용히 기다렸다.

온조가 몸을 일으키며 기지개를 켰다. 돌아다니면서 찾을 모양이었다. 무심코 고개를 돌린 온조가 대학생을 보고 놀라 움찔거렸다. 그는 미안한 듯 둥글게 미소 지으며 말했다.

"아, 놀라게 했다면 미안해. 아까 들어오라고 한 사람인데 기억해? 나는 해수라고 해."

온조는 무슨 말인지 알지 못했다. 해수는 뭔가 더 말하려고 입을 움직였지만, 온조가 그를 막았다. 그리곤 자신의 귀를 가리킨 후 손가락으로 엑스자를 만들었다. 해수는 잠시 뜻을 이해하려 눈동자를 굴리다가 작게 숨을 삼켰다. 짧은 정적이 스쳐 가고 온조는 해수에게 고개만 꾸벅인 뒤 자리를 뜨려 했다. 대피소 안은 넓으니까 다른 곳에 분명히 있을 거라고 생각했다. 그때 해수가 부산스럽게 움직이며 제 주머니에 있던 작은 수첩을 꺼내 무언갈 적어 내밀었다.

  '글은 읽을 수 있어?'

  온조가 고개를 끄덕였다. 옳다구나, 해수가 다시 뭔갈 끄적였다. 온조는 발을 재촉하고 싶었지만, 그냥 가면 왠지 그가 따라올 것 같은 느낌이 들었다. 미간만 봐도 집요한 사람이라는 게 느껴졌다.

  '다행이다. 근데 아까부터 뭘 찾고 있는 거야?'

  온조는 고민했다. 주사기를 찾고 있다고 말하면 찾아줄까. 어디에 쓸 거냐고 물어보면 뭐라 말하지. 안지가 온조에게 말했다.

'산호 같은 게 박혔다고 해.'
'여기 산호가 어딨어. 차라리 가시가 박혔다고 할까?'
'좋네, 그렇게 해'
'그럼 핀셋을 주지 않을까.'
'깊게 박혔다고 하면 되잖아.'
'근데 넌 가시를 어떻게 알아? 그곳에도 가시가 있어?'

'왜 이렇게 말이 많아. 빨리 가자.'

온조의 침묵이 길어지자 해수는 어색함을 감출 수 없는 듯 작게 헛기침했다. 온조는 한 손으로 입을 가리고 목을 가다듬는 듯 목울대가 움직이는 그에게 손을 내밀었다. 해수가 눈을 깜빡이자 온조가 수첩을 손가락으로 가리켰다. 해수가 고개를 끄덕이며 펜과 수첩을 온조의 손에 올려주었다.

'혹시 주사기 어딨는지 알아요?'

해수는 마침 잘 됐다는 듯 빠르게 답장을 써 내려갔다. 온조는 물어보길 잘했다고 생각했다.
'왜? 어디 다쳤어? 저 방향으로 가면 임시 응급처치 구역이 있거든. 다친 거면 내가 봐줄게.'

이제 보니 해수는 가슴팍에 붉은 십자 모양이 그려진 조끼를 입고 있었다. 상황이 수월해졌다고 안지가 말했다. 온조의 생각도 마찬가지였다.

임시 응급처치 구역엔 사람들이 별로 없었다. 기껏해야 넘어진 사람이랑 복통과 구역감을 호소하는 사람 정도? 그것에게 상처 입어 온 사람은 없었다. 하긴 그것에게 상처 입기도 전에 먹혔겠지.

'어디 다쳤니?'

해수가 온조의 시선이 닿는 곳에 수첩을 밀었다. 온조가 질문 밑에 답을 적었다.
'말하기 좀 민망한 곳이라서요, 주사기 주시면 제가 직접 할게요.'

해수는 잠시 고민했다. 주사기 혼자 쓰다 다치면 어쩌지? 하지만 본인이 혼자 하고 싶다는데. 온조의 의사를 중요하게 생각한 해수는 온조에게 일회용 주사기를 건네주었다.

'화장실은 저쪽이야, 여자 선생님 한 분 불러줄까?'

온조는 고개를 저었다. 주사기에 가져가는 손이 조금 떨렸다. 해수는 그 모습을 놓치지 않았다. 뭔가 찝찝하고 미심쩍은 기분이 느껴졌다. 그러나 온조는 이미 자리를 뜨고 있었다. 발걸음이 딱딱하고 부자연스럽고, 묘하게 빨랐다. 뭔가를 숨기는 것 같았다. 해수는 출처 모를 불안함 탓에 온조가 화장실

부근으로 갈 때까지 그녀를 눈으로 좇았다.

"!"

온조가 화장실로 가다가 급하게 방향을 틀어 출구 쪽으로 달렸다. 해수는 자리에서 벌떡 일어났다. 뭐지? 왜 도망치는 거지? 이유를 알 수 없는 불안감이 해수의 몸을 훑었다. 마침 환자도 많지 않았고 인력도 남아 있었다. 그는 핸드폰으로 바깥 상황을 보던 동료에게 자리를 맡기고 온조를 찾아 나섰다.

** ** **

온조가 출입문을 지키고 서 있는 아저씨에게 다가갔다.

"저, 나가도 될까요?"

그러자 그는 잠시 온조를 지긋이 쳐다보다가 작은 창문으로 밖을 살펴봤다. 팔짱을 끼고 밖을 노려보던 그는 이윽고 온조에게 말했다.
"빨리 나가."

온조가 그 뜻을 알지 못해 미간을 꿈틀거리며 망설이자 그는 친히 문을 조금 열고 온조를 밖으로 떠밀어 주었다. 쓰레기를 내다 버리듯 온조는 밀어내고 문을 닫아버린 그는 다시 창문을 주시했다. 무신경하고 차가운 눈이었다.

 온조가 엎어진 몸을 일으켰다.

 '생각보다 일이 잘 풀리네, 찝찝하게.'

 온조가 대피소 밖으로 벗어난 지 얼마 되지 않아 해수가 출입문 근처에 다다랐다. 그는 문을 지키는 문지기 아저씨에게 물었다.
 "혹시 여기에 좀 어둡게 생긴 여자애 안 지나갔어요?"

 문지기는 대수롭지 않은 듯 말했다.
 "방금 나갔는데."

 나갔다는 말에 해수는 황당해했다.

 "나갔다고요?"
 "응. 나가고 싶다길래 보냈다."

해수는 이해가 가지 않았다. 어린 학생을 괴물들이 득실거리는 거리로 나가게 내버려 뒀다고? 해수가 그에게 물었다.

"왜 나가게 둔 거예요? 지금 밖에 그것들이 판을 치고 있는데?"
"자기가 나가고 싶다는데 그럼 어떡하냐."

해수는 그런다고 진짜 내보내요? 라고 말하고 싶은 걸 눌렀다. 대신 그에게 말했다.

"걔 지금 상태 안 좋아 보여요. 혼자 두면 뭔 일 칠 것 같다고요. 제가 다시 데려올게요. 문 열어 주세요."

그는 정색하며 해수를 쏘아보았다.

"안 돼."
"왜죠?"
"밖에서 그것이라도 만나면 어쩌려고?"

해수의 입에서 헛웃음이 나왔다.

"그럼, 그 애는 그것을 안 만날 거란 건가요?"

그는 잠시 침묵했다. 해수는 아까 눌렀던 말을 그냥 뱉어냈다.

"자기가 나가고 싶다고 진짜 내보내요? 아저씨 말씀대로 밖에 괴물들이라도 만나면 어쩌려고요."
"아니 그럼 어떡해? 여기 식량이 얼마나 남았다고!"

아저씨가 나직하고 엄한 목소리로 호통을 쳤다. 해수는 말문이 막혔다. 이때다 싶었는지 아저씨가 해수를 쏘아보며 말했다.
"걔는 먹여야 할 입 그 이상도 이하도 아니야. 하지만 너는 달라. 넌 의료진이잖아. 너 하나가 귀중한 인력이고, 또 환자들이 언제 어떻게 더 생길지 모르는데 널 저 지옥으로 내보내라고? 미쳤니?"

아저씨가 나직하게 덧붙였다.
"그리고 말도 제대로 못 하더만. 그런 병신 케어해 줄 만한 여유 없어."

해수는 아저씨의 병신, 이라는 말을 듣자마자 차게 식은 표정으로 말했다.

"뭔 역겨운 소리세요."

해수는 아저씨를 경멸하는 표정을 지으며 아저씨가 앉아 있는 단상으로 올라섰다.

"안 된다고 말했잖아."

험악한 표정을 지으며 문을 열 수 있는 버튼을 막고 선 아저씨를 밀치며 해수가 멋대로 문을 열었다. 밖에 그것이 없어서 다행이었다. 해수는 아저씨가 자신을 잡기 전에 서둘러 밖으로 향했다. 뒤에서 아저씨가 소리치며 뭐라고 말하는 게 들렸지만, 그는 무시하기로 했다.

'생명에는 값어치를 매길 수 없어. 나는 쓸모가 있으니 소중하고 쟤는 쓸모가 없으니 소중하지 않다는 건 대체 무슨 논리야.'

해수가 미간을 찌푸렸다. 머리가 안 좋다는 이유로 쓸모없는 인간 취급당했던 어린 시절이 떠올랐으니까. 그랬던 그는 고등학교 1학년 때 만난 담임선생님의 도움으로 지금 의료진이 되었다. 해수는 자신의 인생이 있었기에 안다. 쓸모없는 사람은 세상에 존재하지 않는다는 걸. 그가 온조에게 가는 것도 어쩌면 온조에게서 위태로웠던 자신을 봤던 게 아닐까.

** ** **

해수는 자신이 보고 있는 걸 믿을 수 없었다. 주사기로 뭘 하려나 했더니…… 온조가 그것의 등가죽으로 보이는 곳에 주사기를 꽂고 뭔가 뽑아내고 있었다. 허여멀건 한 게 그것의 체액으로 보였다. 그리고 온조의 맞은 편엔…… 인간의 형상과 비슷한 그것이 그것을 누르고 있었다.

해수는 온조를 부르려다가 어차피 못 들을 거라는 걸 떠올린 후 바닥에 있던 돌을 온조 근처로 던졌다. 자신의 발 옆에서 돌멩이가 날아오는 걸 본 온조는 고개를 들었다. 해수가 숨을 몰아쉬며 아연실색한 눈으로 바라보자 온조는 작게 한숨을 쉬었다. 어쩐지 잘 풀리더라니.

온조와 눈이 마주치자 그는 천천히 온조에게 다가갔다. 온조는 아랑곳하지 않고 그것의 체액을 뽑아냈다. 온조가 주사기를 들고 몸을 돌리자 해수는 다급하게 양손을 흔들며 고개를 갸웃거렸다. 뭐 하는 짓이냐며 묻는 모양새였다. 온조는 분명히 그러는 걸 봤음에도 아무런 답을 하지 않았다. 해수는 답답했다. 그것이 있어 다가갈 수도, 뭔가를 물을 수도 없는 이 상황이 말이다.

온조는 그대로 다시 달려갔다. 안지가 그것에게서 힘을 풀자마자 꾸룩거리며 움직이기 시작했다.
해수는 떠나는 온조를 바라보다 급히 몸을 돌려 도망쳤다. 그때 해수가 온조를 잡고 설득했더라면, 해수의 오지랖으로 온조를 말렸더라면 뭔가 달랐을까.

** ** **

'사람들이 경각심을 가질만한 사건이 필요해'
대피소로 향하기 전, 안지가 말했다.
온조는 고민했다. 경각심? 갑자기? 왜?
그걸 읽은 안지가 덧붙여 설명해주었다.

'자신들이 한 일이 어떻게 되돌아오는지 알아야지.'

그 말에 온조가 고개를 끄덕이며 말했다.
'너 외계인 아니지.'

안지가 스트로폼을 비비는 소리를 냈다. 웃는 것처럼 보였다.

'당연하지.'

온조는 안지의 입으로 보이는 곳을 유심히 쳐다봤다. 덴탈 마스크에 있는 주름처럼 보이는 그곳을. 그러자 안지가 말했다.
'대충 알겠지? 내가 뭔지.'

그러니까 날 좀 도와줘, 너도 사람이 싫잖아. 안지가 기분 좋은 전파를 계속 온조에게 보내왔다.
'똑같이 돌려주면 돼, 너희가 만든 그것을 뽑아서 직접 알게 해주면 돼.'

온조는 아무 말도 하지 않았다. 그저 바다를 돌아볼 뿐이었다. 새하얀 바다에서 화학약품 냄새가 올라오는 것 같았다.

** ** **

 주사기를 쥔 온조의 손이 떨렸다. 다시 온조의 주머니로 들어간 안지는 고개를 내밀고 연구원의 상태를 지켜봤다. 그들이 노리는 연구원은 확실히 지치고 힘이 없어 보였다. 종이 뭉텅이를 쥐고 미간을 찌푸린 그가 고개를 들기만을 기다렸다.

 지금이다. 안지가 튀어 나가 연구원을 덮쳤고 온조가 뛰어나가 눈을 크게 뜨며 비명을 지르려는 연구원의 목에 주삿바늘을 꽂아 넣었다.

 연구원은 기괴한 소리를 내며 바닥에 쓰러졌다. 그 소리에 놀란 군인들이 일제히 온조와 안지가 있는 곳으로 달려들었다. 안지는 온조를 안고 재빨리 공중으로 날아올랐다. 연구원들이 다시 나타난 안지를 보며 이상한 장비와 약물을 가져왔다. 언제부터 있던 건지 기자와 카메라맨으로 보이는 사람들도 모여왔다. 삽시간에 바닷가에 있던 78%의 사람이 안지와 온조를 향해 모여들었다. 군인들이 안지와 온조를 향해 총구를 겨누며 살포 준비를 하고 있을 그때였다.

 "아악!!"

군인 하나가 자신의 다리에 눌어붙은 그것을 보곤 둔탁한 비명을 질렀다. 그것은 아까 그 연구원이었다.

가여운 연구원은 그것과 하나가 된 듯, 진득하고 검푸른 액체를 흘리며 일그러졌다. 몇몇은 입을 막더니 급기야 바닥에 구토를 하는 이도 있었다. 그것이 된 연구원은 군인의 다리를 타고 올라가 군인을 씹어먹기 시작했다. 군인이 고통에 몸부림치기 시작했다. 온조는 그 모습을 차분히 지켜봤다. 순식간에 건장한 사람 하나가 그것의 일용할 양식이 되었다. 사람들은 그것을 피해 흩어졌다. 하지만 온조, 정확히는 안지의 근처를 떠나지 않았다. 한 연구원이 소리쳤다.

"왜 요구사항을 말하지 않는 거지?"

지상의 사람들이 일제히 안지를 바라봤다. 안지는 잠깐의 침묵 끝에 전파를 보냈다.

'인간들은 자신의 과업을 인정하고 스스로 멸망해라.'

머리를 부여잡던 모든 사람이 눈을 크게 뜨며 안지를 바라봤다. 안지가 더 강한 전파 신호를 보냈다.

'인류는 이 요구사항을 절대 들어주지 않을 것 같아 이 소녀에게 부탁했다. 이제 인류의 미래는 이 아이에게 달렸다.'

사람들은 그제야 안지 품에 안겨 있는 온조를 바라봤다. 사람들이 입을 벌려 무어라 소리쳤지만 온조의 귀엔 하나도 들리지 않았다. 온조는 그들을 내려다봤다. 사람들이 한없이 작게 보였다.

"우리는 끝났어요."

웅얼거리는 목소리로 나직이 말했다. 당연히 사람들은 그녀의 목소리를 듣지 못했다. 온조는 평생 받을 관심을 죽기 직전에 다 받는다고 생각하며 눈을 감았다. 까만 세상에 선생님만이 비쳤다. 안지가 물었다.
'결정했어?'

온조가 말했다.
'물론.'

사람들이 악을 썼다. 온조에게 소리를 지르는 걸로 보였다. 온조는 더듬더듬 목소리에 힘을 주어 말했다.

"그러게, 한 번쯤 돌아봤으면 좀 좋았나요."

……

그렇게 인류는 멸망했다.
예정된 멸망이었고, 당연한 결과였다.

뇌가 터져 죽은 인간들의 귀에서 피가 흘렀다.
바람이 불어오자 하얀 바다에 주름이 졌다.
세상은 바람에 떠밀려 굴러다니는 쓰레기들의 소리만 울릴 뿐이었다.

하얀 바다의 단편소설

초판 1쇄 인쇄 2023년 7월 31일
초판 1쇄 발행 2023년 8월 21일

글 추은정, 신석민, 박하, 그랭, 신이비, 강선우, 유철현, 소낙비

발행인 윤혜영
편 집 서구름
표 지 서승연
마케팅 구낙회

펴낸곳 로앤오더
주 소 (우)04778 서울시 성동구 왕십리로 8길, 21-1 2층 201호
전 화 02-6332-1103 | **팩 스** 02-6332-1104
이메일 lawnorder21@naver.com
블로그 blog.naver.com/lawnorder21
포스트 post.naver.com/lawnorder21
페이스북 인스타 @dalflowers
ISBN 979-11-6267-371-3

달꽃°은 로앤오더의 출판 브랜드입니다.

파본은 본사에서 교환해 드립니다.
이 책은 저작권법에 따라 보호받는 저작물이므로 무단복제를 금지하며
이 책 내용의 전부 또는 일부를 이용하려면 반드시 저작권자와
로앤오더의 서면 동의를 받아야 합니다.

ⓒ 이 책에서 사용된 서체는 KoPub바탕체, KoPub돋움체, 한마음명조체, 만화진흥
원체를 사용하였습니다.